Promesses au *palazzo*

AMANDA CINELLI

Promesses au *palazzo*

Traduction française de
LOUISE LAMBERSON

AZUR
HARLEQUIN

Collection : Azur

Titre original :
PREGNANT IN THE ITALIAN'S PALAZZO

HARPERCOLLINS FRANCE
83-85, boulevard Vincent-Auriol, 75646 PARIS CEDEX 13
Service Clients — www.harlequin.fr
ISBN 978-2-2804-9811-1 — ISSN 0993-4448

Édité par HarperCollins France.
Composition et mise en pages Nord Compo.
Imprimé en février 2024 par CPI Black Print (Barcelone)
en utilisant 100% d'électricité renouvelable.
Dépôt légal : mars 2024.

FSC www.fsc.org
MIXTE
Papier issu de sources responsables
FSC® C159065

Pour limiter l'empreinte environnementale de ses livres, HarperCollins France s'engage à n'utiliser que du papier fabriqué à partir de bois provenant de forêts gérées durablement et de manière responsable.

Prologue

Seul héritier d'une dynastie italienne dont les origines remontaient à la Renaissance, Nysio Bacchetti avait joui dès sa naissance d'immenses privilèges et d'une existence dont les principaux jalons avaient été planifiés avant même sa venue au monde. Après le pensionnat réservé à l'élite, il était entré dans l'une des plus grandes universités du pays dont il était sorti bardé des diplômes prestigieux exposés sur les murs du bureau depuis lequel il dirigeait le domaine et l'empire familiaux. Sa vie s'était déroulée sans surprise, selon une voie tracée d'avance.

Jusqu'à ce jour.

Nysio se concentra sur sa respiration tandis que, la vision floue, il relisait la première page du testament d'un homme qu'il n'avait jamais rencontré. Un inconnu qui, à en croire les résultats du test ADN accompagnant le document et effectué quinze ans plus tôt, était son père biologique. Le pli lui avait été remis en main propre à midi par un émissaire de Mytikas Holdings, qui lui avait expliqué brièvement que l'enveloppe contenait des documents confidentiels, ainsi qu'une invitation à se rendre à New York pour en discuter avec le nouveau P-DG de l'entreprise, Xander Mytikas, fils aîné de Zeus Mytikas.

Son frère. Il avait un frère. Il en avait même deux, avait-il découvert en poursuivant sa lecture puis en cherchant des informations plus détaillées sur Internet. Stupéfait, il avait contemplé l'homme d'affaires au visage sévère, l'aîné de la fratrie que Zeus avait manifestement choisi pour lui succéder – avant de changer d'avis à la dernière minute, à en juger par ce testament. Ensuite, Nysio avait vu apparaître le cadet, Eros Theodorou, play-boy à l'allure décontractée, aux cheveux blond foncé et à la réputation sulfureuse. L'aîné et le cadet avaient les mêmes yeux bleu saphir que lui, les mêmes hautes pommettes saillantes. Traits manifestement hérités de leur géniteur.

Leurs trois noms étaient cités dans le testament de Zeus. Pas en tant que bénéficiaires mais pour les mettre en concurrence. Le premier des trois qui se marierait et resterait marié pendant un an… hériterait de tous les biens du défunt. Nysio apprit par ailleurs qu'à un moment donné ses parents avaient pris des mesures légales empêchant Zeus de révéler que leur fils n'avait aucun lien de consanguinité avec les Bachetti ou de se servir de cette information contre eux. De son vivant. Car il semblait bien que le vieux tyran leur faisait un doigt d'honneur à tous depuis sa tombe.

Nysio se leva et traversa son bureau à grands pas avant de se précipiter dans le patio comme s'il manquait d'air. Les lumières de la ville scintillaient gaiement en contrebas, comme pour se moquer de lui.

Les habitants de Florence considéraient les Bacchetti comme leur famille « royale » ; Nysio avait été élevé comme un prince et préparé à son rôle hérité dès la naissance. Leur famille était bien plus qu'une famille, lui rappelait souvent son père lorsque Nysio osait se plaindre. C'était une institution. Or les institutions se devaient de maintenir leur image pour garantir la stabilité à celles et ceux qui dépendaient d'eux.

Mais, à présent, Nysio savait dans sa chair que l'institution la plus vénérable pouvait dissimuler des secrets inavouables.

Il n'avait que faire de l'héritage de Zeus Mytikas. Négocier des actions en bourse depuis son ordinateur lui rapportait plus d'argent que le nom de son géniteur n'aurait jamais pu lui procurer. Personne n'ignorait qu'il vivait en solitaire et quittait rarement son *palazzo*. Mais, à la différence de certains de ses ancêtres, Nysio n'avait jamais ressenti le besoin d'être adoré ni de recourir à l'intimidation pour maintenir sa société à flot. Ses talents de financier et d'analyste économique étaient connus dans le monde entier. Même lorsque les marchés boursiers internationaux traversaient des périodes difficiles, il restait calme et maître de lui-même.

Mais, quand il baissa les yeux sur les documents qu'il serrait toujours dans ses mains, Nysio sentit son contrôle si chèrement gagné s'effriter à chaque nouvelle bouffée d'air qu'il se forçait à inspirer.

Arturo Bacchetti était un homme bon et le seul père qu'il ait jamais connu. Nysio avait été élevé dans le seul but de lui succéder, en dépit de la phobie sociale dont il souffrait et qui rendait insupportable nombre de ses devoirs. Il avait renoncé à tous ses projets personnels pour assumer ses fonctions bien plus tôt que prévu, lorsque son père était tombé malade et que ses parents s'étaient retirés en Sicile.

Nysio avait dédié toute sa vie à cette ville, sachant que cette mission lui avait été dévolue à la naissance. Pourtant, durant toutes ces années, ses parents lui avaient caché un terrible secret. La tentation de se révolter était grande, mais Nysio n'avait jamais été homme à exprimer ses émotions – du moins on lui avait appris à les réprimer. Aussi préférait-il attendre, analyser, planifier ses actions. Et c'était exactement ce qu'il allait faire, décida-t-il en regagnant son bureau et en soulevant le combiné du téléphone.

Gianluca, l'homme de confiance de la famille, répondit aussitôt, habitué à endosser à l'occasion le rôle d'assistant en plus de toutes les autres charges qu'il assumait déjà. Il parut stupéfait de s'entendre demander de faire en sorte qu'un jet soit prêt à décoller dans les meilleurs délais, mais Nysio se contenta de lui dire qu'il s'agissait d'un voyage d'affaires. Inutile d'en dévoiler davantage. Ni d'avertir ses parents. Ni d'en parler à quiconque. Zeus Mytikas avait violé un engagement juridique, et Nysio comptait bien faire savoir à l'actuel P-DG de Mytikas ce que les Bachetti pensaient de cette histoire. Il reprendrait le contrôle de la situation et ferait supprimer son nom de ce fichu testament avant de revenir en Italie.

Tout rentrerait dans l'ordre. Il y veillerait.

1

Quel endroit sinistre pour un mariage…

Nysio se gara le long du trottoir et observa de loin le fiancé qui, entravé par la foule pressée autour de lui sur les marches de la Cour suprême de justice de Manhattan, assistait impuissant à la fuite de celle qu'il aurait dû épouser et qui s'élançait en courant sous la pluie.

Voyant les flashs fuser de toutes parts, car les paparazzi ne voulaient rien perdre du spectacle, Nysio se raidit malgré lui. Il connaissait trop bien cette invasion de sa vie privée, même si, dans l'immédiat, ce n'était pas lui la cible de ces rapaces. Il observa Xander Mytikas de loin, frappé de nouveau par le nez puissant et le haut front si semblables aux siens. Durant presque tout le vol, il s'était demandé ce qu'il ressentirait en rencontrant l'un de ses deux demi-frères en chair et en os. S'il éprouverait un sentiment de parenté ou un lien quelconque.

Le fait de ne rien éprouver aurait dû le soulager un peu.

Jusqu'à maintenant, ses enquêteurs n'avaient détecté aucune manœuvre visant à saboter sa vie privée. Xander Mytikas et Eros Theodorou étaient tellement concentrés sur la course à l'héritage qu'ils ne se préoccupaient même pas de l'éventuelle intervention de leur benjamin. Ils étaient au courant tous les deux de son existence – ils avaient tous reçu le même document –, et pourtant ils s'étaient contentés de lui faire remettre son exemplaire du testament, sans essayer de prendre contact avec lui ou de se soucier de ses réactions.

Brusquement, Nysio vit son frère fendre la foule derrière ses agents de protection rapprochés et s'engouffrer bientôt dans le 4x4 noir qui venait de s'arrêter au bas des marches. De toute évidence, Xander Mytikas ne comptait pas attendre l'éventuel retour de sa fiancée. Or il devait se marier rapidement s'il voulait garder le contrôle de Mytikas Holdings et, d'après les informations transmises à Nysio par ses enquêteurs, son frère n'avait pas l'intention de dévoiler le mensonge entourant la naissance de Nysio ni de divulguer le résultat du test ADN.

Un éclair de feu attirant soudain son attention, Nysio tourna les yeux et vit une femme à l'épaisse chevelure auburn s'immobiliser sur une marche. La teinte flamboyante de ses cheveux et celle de sa robe tranchaient étrangement avec l'imposante bâtisse de pierre grise. La brise automnale plaquait l'étoffe rose sur le corps aux courbes ravissantes. L'inconnue tenait un bouquet de fleurs dans ses mains et avait l'air si désemparée que Nysio ne pouvait détacher les yeux de cette vision enchanteresse.

Elle lui rappelait l'une des déesses antiques qu'il voyait quasiment chaque jour sur les murs du musée de son *palazzo* florentin. Il l'imagina à demi étendue sur des coussins de soie, entourée de *putti* lui présentant des grappes de raisin. Ces seins… Il se mordit la lèvre pour endiguer le flux de désir qui le traversait de part en part.

Choqué par la réaction de son corps, il regarda la jeune femme descendre les marches et s'avancer sur le trottoir dans la direction prise par la fiancée en fuite. Soudain, elle s'arrêta et se retourna, l'air toujours aussi désemparée, tandis que la pluie tombait sur l'étoffe rose clair et sur ses jambes nues ou gainées de bas couleur chair.

Les paparazzi avaient presque tous disparu à présent, mais la femme en rose s'attardait. Nysio continua de l'observer, fasciné par le mélange d'émotions qui se lisait sur ses traits.

Tout à coup, elle se remit en marche et rejoignit les quelques agents de sécurité restés sur place, puis s'adressa à eux en faisant de grands gestes avec la main. Mais, lorsque les hommes lui tournèrent le dos et remontèrent en voiture, elle regarda le véhicule s'éloigner en serrant le poing d'un air furieux.

Nysio la regarda fouiller dans la minuscule pochette attachée à son poignet et vit une expression atterrée envahir ses traits. Puis elle redressa la tête, regarda autour d'elle et courut se réfugier sous un porche situé à proximité.

Fut-ce à cause du frisson qui parcourut alors le corps sculptural de l'inconnue qui tentait de se protéger de la pluie ?

Nysio n'aurait su le dire.

Il descendit de voiture et ouvrit son parapluie.

Aria Dane frissonna de nouveau et regretta encore une fois de ne pas avoir prévu de manteau assorti à sa robe. Mais elle avait pensé devoir poser devant les photographes durant des heures, pas courir sous la pluie à la poursuite d'une fiancée en fuite.

Elle sortit son portable de son bustier pour voir si les agents de sécurité du riche fiancé de son amie n'avaient toujours pas répondu à son message. Ils avaient dit que Priya avait sans doute été submergée par le trac, mais Aria la connaissait. Quelque chose avait dû lui arriver. Quelque chose de terrible.

Le crépuscule commençait déjà à tomber, constata-t-elle en voyant la lumière baisser. Elle avait passé quelques coups de fil à des connaissances chez qui Priya aurait pu aller se réfugier, mais sans succès. À présent, elle se retrouvait coincée à Manhattan avec moins de cinq dollars dans son sac minuscule et aucun moyen de rentrer chez elle. Un sentiment d'abandon l'envahit, la faisant de nouveau frissonner, mais elle refusa de se laisser aller et s'interdit de repenser à cette autre fois où elle avait été abandonnée loin de chez elle par un être en qui elle avait entièrement confiance.

La pluie continuait de tomber, le bitume luisait, des passants allaient et venaient rapidement sur les trottoirs. Immobile sous son porche, gelée, Aria redressa les épaules et s'efforça de réfléchir. Elle avait un avion à prendre dans quelques heures, et toutes ses affaires se trouvaient chez Priya. Y compris son passeport, son billet d'avion et la tablette dont elle avait besoin pour travailler.

Elle se figea, complètement paniquée. Elle était coincée.

Cela faisait longtemps qu'elle avait accepté son côté Saint-Bernard. Dès qu'elle voyait que quelqu'un avait besoin d'aide, elle volait à son secours sans hésitation. Mais, chaque fois qu'elle-même avait des ennuis, elle se retrouvait seule. Comme maintenant.

Jetant un nouveau coup d'œil à son téléphone, elle sentit son estomac se nouer. Elle allait rater son avion – et la présentation à laquelle elle travaillait depuis un mois. Au cours des dix dernières années, Aria avait eu une seule constante dans sa vie : son poste d'acheteuse de mode dans l'un des plus prestigieux grands magasins de Londres. Elle y était entrée juste après sa sortie de l'université et avait gravi un à un les échelons jusqu'au poste qu'elle occupait maintenant et où elle participait activement au choix des tendances que l'on renouvelait à chaque saison.

La direction l'avait même encouragée lorsqu'elle avait

commencé à suivre des cours en ligne, le soir et le week-end, pour préparer un diplôme de textile. Très créative, elle n'avait pas cessé de proposer toutes sortes d'idées visant à développer la minuscule section de lingerie grande taille de l'entreprise. Aria déglutit péniblement. Avec toutes les restrictions et compressions de personnel ayant affecté récemment tous les rayons, elle devait impérativement rentrer à Londres.

Elle songea brièvement à appeler ses parents pour leur demander de l'aide avant d'y renoncer aussitôt. Être franche, créative et spontanée dans une famille dont tous les autres membres étaient très calmes et très organisés, c'était déjà difficile. Mais ne pas avoir un salaire astronomique comme ses trois sœurs aînées... En vérité, Aria gagnait à peine de quoi payer le loyer de son studio de Richmond.

Ses parents ne seraient pas surpris qu'elle ait besoin d'aide. Plus de dix ans s'étaient écoulés depuis sa malheureuse fugue, mais ils la voyaient toujours comme l'écervelée qui s'était retrouvée abandonnée sur une île grecque par son soi-disant fiancé.

Après cette désastreuse mésaventure, elle était bien la dernière à pouvoir juger une femme qui se jetait tête baissée dans le mariage. Pourtant, lorsque Priya lui avait demandé de venir à Manhattan pour assister à son mariage arrangé, de dernière minute, avec un total étranger, Aria avait pressenti d'instinct que son amie commettait une erreur. Elle avait cependant refoulé son appréhension, mettant sa propre réaction sur le compte de la tristesse. Car, une fois mariée, Priya ne reviendrait pas s'installer à Londres.

Un petit sifflement la fit sursauter, et il lui fallut quelques instants pour réaliser que le son provenait de son téléphone.

La main tremblante, elle dégagea l'appareil de son bustier et le colla à son oreille.

— Priya ? Où es-tu, bon sang ?

— Calme-toi, Aria. Tout va bien, répondit son amie d'une voix étouffée. J'ai trouvé un autre moyen de résoudre mes problèmes mais je suis obligée de quitter New York.

Aria retint l'exclamation incrédule qui lui montait aux lèvres. Après avoir fui un mariage qui aurait résolu tous ses problèmes, son amie toujours si calme et réfléchie allait maintenant quitter New York ? Priya détestait l'imprévu, la spontanéité, elle détestait sortir de sa routine.

— Un autre moyen ? Tu veux dire un autre fiancé ? demanda Aria, le cœur battant à tout rompre. Où pars-tu ? Où t'emmène-t-il ?

— Écoute, dit Priya d'un ton neutre. C'est compliqué et je ne peux pas entrer dans les détails maintenant... mais mon oncle a menti. Alors c'est le seul moyen qu'il me reste de sauver l'entreprise.

Aria resserra les doigts sur le boîtier métallique. Quelque chose n'allait pas. Elle en était certaine.

— Tu es toujours là ? demanda son amie.

— Je n'aime pas ça, répliqua Aria. Je n'aime vraiment pas ça du tout.

— Moi non plus, mais je fais ce que je dois faire.

Priya s'interrompit un instant avant de dire rapidement :

— Ne t'inquiète pas pour moi, Aria, tout se passera bien. Je t'expliquerai tout à mon retour.

Son amie n'était pas seule, comprit Aria. Brusquement, elle repensa à ce que lui avaient dit les agents de sécurité de Xander Mytikas.

— Si tu ne peux pas parler, dis seulement oui ou non, répliqua-t-elle en baissant légèrement la voix. J'ai entendu dire que Xander avait envoyé des hommes à la poursuite de son frère... Un type vraiment intense, aux cheveux brun foncé, à l'accent étranger. Italien, je crois. Tu es avec lui ?

Silence. La ligne avait été coupée. Ou Priya avait raccroché.

Aria se mordilla un ongle avant d'arrêter en se rendant compte qu'elle allait se blesser, lorsqu'elle entendit quelqu'un s'éclaircir la voix à proximité et réalisa qu'elle n'était plus seule.

S'efforçant d'ignorer la sensation étrange qui frémissait dans sa poitrine, elle regarda l'homme qui se tenait à distance respectueuse. Travaillant dans la mode, elle avait l'habitude de côtoyer des hommes superbes, mais celui-là était plus que superbe... il exsudait un magnétisme et un charme singulier qui le rendaient unique et extrêmement attirant. Avec son teint basané et sa pochette en soie claire, il ressemblait à une vedette de cinéma d'un autre temps.

S'agissait-il du frère que le fiancé, ou plutôt l'ex-fiancé de Priya, avait paru si déterminé à retrouver ? L'homme qui lui faisait face aurait très bien pu appartenir à la riche famille Mytikas. Tout en lui évoquait la fortune et les privilèges. Un couple de passants le salua, la femme le dévisageant comme si elle se savait en présence d'un personnage important et puissant. Alors qu'Aria percevait l'embarras de l'inconnu. Il avait du mal à supporter l'attention qu'il suscitait, comprit-elle. Il la fit penser à un lion en captivité, dompté et apprivoisé mais... vibrant toujours d'une énergie sauvage qui sourdait du corps athlétique prisonnier de l'élégant costume gris ardoise.

Il la regardait, ouvertement. Les magnifiques yeux bleus descendirent sur sa robe mouillée et s'arrêtèrent sur ses bas maculés de boue. Il fronça les sourcils, comme irrité par la vue des salissures. Il se tenait toujours à distance respectueuse mais Aria était tout à fait consciente d'être maintenant seule face à lui. Pourtant, elle ne ressentait aucune crainte. Elle attendait qu'il parle en retenant son souffle.

Leurs regards se croisèrent une fraction de seconde et, l'espace d'un instant, Aria resta figée, profondément ébranlée par l'appréciation non dissimulée qui se lisait dans les yeux bleus. Jusqu'à ce que l'inconnu batte des cils, comme pour se ressaisir.

— Avez-vous besoin d'aide ? demanda-t-il dans un anglais nuancé d'un fort accent étranger.

— Comment l'avez-vous deviné ?

— J'ai vu ce qui s'est passé. Êtes-vous une amie du couple ?

Il s'exprimait d'un ton délibérément détaché, remarqua Aria. C'était peut-être un journaliste à l'affût d'un scoop. Au moment où elle allait lui poser la question, ils furent aveuglés tous les deux par un flash. Aria ragea intérieurement. Après avoir consacré énormément de temps et d'énergie à protéger sa meilleure amie des paparazzi, elle n'avait vraiment pas envie de devoir répondre à des questions insidieuses sur le mariage raté de celle-ci. D'autant plus qu'elle ignorait toujours les vraies motivations et intentions de Priya.

Mais en fait elle s'inquiétait pour rien, car le photographe ne s'intéressait pas du tout à elle. Il n'avait d'yeux que pour le mystérieux inconnu.

— Je peux vous demander ce que vous faites à Manhattan, Nysio Bacchetti ?

Manifestement choqué de s'entendre appeler par son nom, le somptueux étranger se détourna et s'éloigna sur le trottoir. Mais le journaliste lui emboîta le pas, le mitraillant de questions et de flashs.

— Hé, laissez-le tranquille ! cria Aria.

Le type l'ignora, évidemment.

Quittant son abri, elle s'avança sous la pluie.

— Je vous ai dit de le laisser tranquille, vous êtes sourd ?

Le paparazzi émit un grognement agacé et s'arrêta pour

continuer son mitraillage. Sa proie s'était immobilisée, comme tétanisée. Appuyé à moitié contre la branche épaisse d'un arbre, l'inconnu respirait vite et fort.

— Que lui avez-vous fait ? demanda Aria au journaliste en haussant le ton.

Elle le repoussa brutalement et s'interposa entre les deux hommes.

— Hé, doucement ! Je ne l'ai pas touché ! argua le type. J'essaie de gagner ma vie, c'est tout ! D'habitude, les beaux milliardaires italiens ne boudent pas l'attention des journalistes.

Sur ce, ledit « journaliste » haussa les épaules et s'éloigna rapidement, laissant Aria seule avec le « beau milliardaire italien » qui avait l'air assez mal en point. Il s'écarta de l'arbre, tangua d'un côté en essayant en vain de se ressaisir. Quand elle s'approcha de lui et lui prit la main, il la repoussa en écarquillant les yeux.

— Vous vous sentez bien ? demanda-t-elle.

Quelle imbécile…

— Excusez-moi, ma question était stupide. Vous faites de l'hyperventilation, c'est évident. Vous êtes asthmatique ?

Il secoua la tête, tout en réussissant à la toiser d'un air hautain, manifestement irrité par son bavardage alors même qu'il avait du mal à tenir debout.

— OK… Vous pourriez peut-être essayer de compter vos respirations ?

Aria se concentra pour se rappeler les moments où elle avait aidé Priya lors de ses crises d'angoisse. À supposer que ce soit de cela que souffre le somptueux Italien. Il avait des difficultés à respirer mais persistait à la tenir à distance et à tenter de garder le contrôle de la situation.

— Monsieur… Bacchetti, Nysio, c'est cela ? Laissez-moi vous aider.

Elle le regarda avec attention. L'entendait-il, au moins ? Il paraissait parti très loin… Au même instant, les yeux bleus croisèrent les siens, et Aria y vit une supplication muette. Cette fois, il ne cacha plus sa vulnérabilité et la laissa lui prendre la main, se servant de ses propres doigts pour compter ses respirations.

— Concentrez-vous sur vos sens, l'un après l'autre, dit-elle avec calme. Regardez ma main qui tient la vôtre, sentez-la, écoutez ma voix. Respirez.

Au bout de quelques minutes, le rythme de sa respiration devint moins saccadé, plus régulier. Aria laissa échapper un petit soupir de soulagement, heureuse qu'il ne risque plus de s'effondrer sur elle. Il était très grand et très costaud, et elle aurait eu du mal à ralentir la chute. Maintenant qu'il était hors de danger, elle pouvait s'en aller. Le temps passait et elle devait encore localiser Priya – et trouver un moyen de rentrer à Londres.

Mais, lorsqu'elle voulut s'écarter de lui, Nysio Bacchetti s'agrippa à sa main. Une chaleur incontrôlable se répandit en elle, des frissons fusèrent dans son bras. Elle aurait dû se dégager, mettre de la distance entre eux, et n'en fit rien.

— J'aimerais que vous restiez encore quelques minutes, dit-il d'une voix mal assurée. Je préférerais éviter tout autre contact avec la presse pour l'instant.

Aria baissa les yeux sur la main agrippant la sienne et fronça les sourcils, intriguée.

— Étiez-vous invité au mariage ?

— Non. Je suis à New York pour affaires.

— Le paparazzi a laissé entendre que vous étiez quelqu'un d'important. Un milliardaire, enchaîna-t-elle en plissant les yeux. Si vous êtes à New York pour affaires, pourquoi être resté devant la Cour suprême à regarder ce désolant spectacle ? Vous avez dit que vous aviez vu ce qui s'était passé.

Elle essaya à nouveau de se dégager mais, sa robe s'étant accrochée à une branche basse, elle trébucha et vacilla. Nysio lui prit le bras pour l'empêcher de tomber, et le contact de la grande main chaude sur sa peau provoqua une décharge électrique qui parcourut tout son corps.

Leurs regards se croisèrent de nouveau, restèrent soudés l'un à l'autre. Aria déglutit. Dans les beaux yeux bleus, elle voyait toujours de la vulnérabilité, mêlée de colère, mais les pupilles s'étaient dilatées. L'imaginait-elle ou lui serrait-il plus fort le bras tandis qu'il scrutait son regard et observait ses réactions ?

Il inspira à fond. Il n'était pas encore tout à fait remis de sa crise, manifestement.

— Je suis ici pour affaires, répéta-t-il. Je me suis arrêté pour répondre à un coup de fil et j'ai assisté involontairement à ce qui s'est passé. Ensuite j'ai vu tout le monde partir sauf vous. Je comptais vous venir en aide. Pas l'inverse.

À ces mots, Aria ne put s'empêcher de sourire.

— Disons que vous êtes tombé sur une superwoman en robe de demoiselle d'honneur rose.

— De demoiselle d'honneur ? répéta-t-il en fronçant les sourcils.

— Vous avez vu la mariée s'enfuir dans la rue, eh bien c'est ma meilleure amie. Enfin, je devrais peut-être plutôt dire *c'était* ma meilleure amie maintenant…

Elle soupira.

— Je suis censée prendre un avion pour Londres dans moins de trois heures et toutes mes affaires sont chez elle.

— J'avais raison, donc. Vous avez besoin d'aide.

— Sans doute, répliqua Aria avec un haussement d'épaules.

En réalité, elle avait du mal à l'admettre. Cela faisait si longtemps qu'elle mettait un point d'honneur à faire en sorte de se débrouiller seule, sans s'appuyer sur personne. C'était beaucoup plus simple. Moins risqué.

Le somptueux Nysio resta silencieux, tout en l'observant avec une acuité troublante, et embarrassante. Pourquoi la proximité de cet homme provoquait-elle ces réactions incontrôlables de son corps ?

— Il se trouve que je suis moi-même en route vers l'aéroport. Permettez-moi de vous rendre service.

— Vous me proposez votre aide alors que vous ne me connaissez pas ? répliqua Aria en haussant les sourcils.

L'hyperventilation lui brouillait-elle les idées ? Ce Nysio Bacchetti était un homme important, c'était évident. Par conséquent, il devait avoir autre chose à faire.

— Comment vous appelez-vous ? demanda-t-il

Ah, il retrouvait son arrogance...

— Vous, vous connaissez mon nom, poursuivit-il, et, si vous avez des doutes, vous n'avez qu'à faire une brève recherche sur Internet.

— Je m'appelle Aria.

Sa robe mouillée lui collait à la peau, produisant une sensation de froid désagréable. Elle se sentait déstabilisée, toute son assurance l'avait quittée.

— Je n'ai ni passeport ni billet d'avion, reprit-elle sans réfléchir. Et tous mes bagages sont chez mon amie. Même en imaginant que vous puissiez m'aider à résoudre ce problème et à prendre un autre vol, j'arriverais trop tard à Londres.

— Je n'ai jamais rencontré de problème impossible à résoudre.

Aria faillit éclater de rire, mais comprit à son expression qu'il était sérieux. Nysio Bacchetti avait le pouvoir et les moyens de lui trouver un vol, même sans passeport. Elle avait tout laissé en plan pour venir à New York au pied levé parce que son amie se trouvait dans une situation difficile. Peut-être que, pour une fois, elle pouvait se concentrer sur ses besoins personnels et accepter que quelqu'un lui apporte l'aide qu'elle apportait d'habitude aux autres.

— Tout à l'heure, vous êtes venue à mon secours, Aria. Je ne fais que solliciter la permission de vous retourner la pareille. Je ne peux pas vous rendre votre amie ni vos bagages perdus, mais je peux faire en sorte que vous soyez à Londres avant l'aube.

Il plongea son regard dans le sien avant d'ajouter d'un ton solennel :

— Je vous le promets.

2

Dès l'instant où, d'un hochement de tête, Aria avait accepté la proposition de Nysio, tout s'était enchaîné très vite. Le cœur battant à tout rompre, elle s'était retrouvée dans la voiture racée qui, après avoir roulé dans les rues de Manhattan, s'éloignait petit à petit de la métropole. Son esprit aussi carburait à toute allure tandis qu'elle essayait de se convaincre qu'elle avait eu raison de se concentrer sur ses propres besoins. Elle avait tenté de rappeler le numéro depuis lequel Priya l'avait jointe mais sans obtenir de réponse, et sans même tomber sur une boîte vocale.

Plongée dans ses pensées, elle ne s'était pas rendu compte qu'ils ne se dirigeaient pas vers l'aéroport international et tressaillit violemment en voyant Nysio ralentir avant d'entrer dans un aéroport privé.

Des agents de sécurité le saluèrent au passage tandis qu'il se dirigeait vers un magnifique jet privé d'un blanc immaculé et se garait à côté.

Aria se tourna vers lui, suffoquée.

— Lorsque vous m'avez dit que vous pouviez faire en sorte que je sois à Londres avant l'aube… je pensais que vous connaissiez quelqu'un qui travaillait pour une compagnie aérienne…

— Voyager avec moi vous pose un problème ? répliqua-t-il en plissant le front.

— C'est un jet privé. Il est vraiment à vous ? demanda-t-elle avec un petit rire nerveux.

Il descendit de voiture et vint lui ouvrir sa portière. Allait-elle vraiment accepter de voyager avec ce somptueux milliardaire, à bord de son jet privé ?

— Je peux essayer de vous trouver un vol standard si vous y tenez vraiment, mais pas vous garantir le même délai et le même confort. Si toutefois la perspective d'être confinée à bord d'un jet privé avec moi pendant huit heures vous incommode…

— Il ne s'agit pas de vous, l'interrompit Aria. Je n'ai pas l'habitude d'accepter de l'aide de quiconque, encore moins d'un étranger rencontré dans la rue.

— Nous avons cela en commun, apparemment, dit Nysio, les mâchoires légèrement crispées. Mais, étrangement, je n'ai pas eu grand mal à accepter la… gentillesse dont vous avez fait preuve à mon égard. Et je serais vraiment heureux de pouvoir vous témoigner ma reconnaissance.

Sa franchise surprit Aria. Elle repensa à l'intimité partagée durant quelques instants dans la rue, après qu'elle eut été témoin de sa crise de panique. Ce fut sans doute cet aveu de faiblesse qui la convainquit de descendre de voiture.

Nysio lui prit doucement le coude tandis que l'équipage les accueillait avec empressement et les invitait à monter à bord. Un homme aux cheveux gris apparut et dit simplement à Aria qu'il s'appelait Gianluca. Puis, poliment, il lui posa quelques questions dont il nota les réponses, avec un calme qui amena Aria à se demander si ce genre de situation se produisait souvent. Ensuite, il lui assura qu'il lui procurerait rapidement ses documents de voyage.

Le pouvoir de l'argent, tout de même…

Le chef de cabine réapparaissant et informant Nysio que le pilote désirait s'entretenir avec lui, Aria se retrouva seule et se demanda s'il reviendrait s'installer en face d'elle. Dans ce cas, de quoi allaient-ils parler ? De toute évidence, il n'était pas du genre bavard… Elle saisit le petit pendentif en or qu'elle portait sur une chaîne – un bijou antistress, avait dit son amie en le lui offrant. Appellation tout à fait appropriée. Ce cadeau, un A en or massif entouré d'anneaux mobiles, était très utile quand elle avait besoin de s'occuper les mains.

Nysio était un homme au charme ténébreux et puissant dont la proximité la faisait vibrer tout entière, dans les moindres cellules de son corps. Un peu plus tôt, quand il avait plongé son regard dans le sien, elle avait cru un instant qu'il allait l'embrasser et avait paniqué. Quand il l'avait lâchée, elle avait été… déçue. Ridicule. Elle n'était plus une adolescente. Alors pourquoi ne pouvait-elle s'empêcher de se demander comment cela aurait été s'il l'avait réellement embrassée ? Aria inspira profondément dans l'espoir de contenir le frisson qui naissait au creux de ses reins.

Autrefois, ses parents et ses grandes sœurs lui demandaient souvent de ne pas sauter sur le canapé – *ce n'était pas un trampoline*. Ou de ne pas taper des pieds, ou de ne pas parler pendant des heures de sa journée d'école – *elle leur cassait les oreilles, à la fin*. Alors qu'Aria n'y pouvait rien si elle avait envie de bouger ou besoin d'exprimer toutes les pensées qui tourbillonnaient dans sa tête. On aurait pu croire qu'avec l'âge, cet excès d'énergie se serait tari, mais non. Il s'était seulement transformé en une agitation intérieure tout aussi difficile à gérer. Aria avait une vingtaine d'années lorsqu'un médecin avait évoqué un TDAH – trouble déficitaire de l'attention avec hyperactivité – comme étant à l'origine de ses difficultés.

Peut-être était-ce simplement parce qu'elle avait eu une

journée difficile, mais Nysio Bacchetti semblait raviver les sensations incontrôlables qu'elle avait espéré ne plus jamais éprouver. Elle se targuait d'être restée maîtresse d'elle-même durant ses pitoyables rendez-vous galants des dix dernières années. Dotée d'une nature sociable, elle avait toujours aimé rencontrer de nouvelles personnes. Mais, quand il s'agissait de relations amoureuses, elle ne prenait jamais le risque de s'engager. À vingt ans, elle avait donné naïvement son cœur à Theo, et cette expérience avait laissé de profondes cicatrices qui avaient mis beaucoup de temps à se refermer. À supposer qu'elles le soient complètement.

Voyant soudain Nysio réapparaître au bout de l'allée et se diriger vers elle, Aria tressaillit. Sans dire un mot, il s'installa en face d'elle avant de prendre un mince dossier dont il sortit des documents qu'il étala devant lui. Puis il soupira, glissa la main dans sa poche de poitrine et chaussa d'élégantes lunettes à fine monture noire – ce qui le rendit encore plus sexy. Mais lorsque, lentement, il se lécha le bout du doigt pour saisir une page, Aria ne put retenir un petit gémissement...

Il leva aussitôt les yeux, parce qu'il l'avait entendue évidemment – il était assis en face d'elle. Et, lorsqu'il haussa les sourcils d'un air interrogateur, elle sentit une chaleur infernale se répandre partout en elle.

— Était-ce bien un gémissement ? demanda-t-il en reposant la page devant lui.

— Non... Enfin, oui, mais pas pour la raison que vous croyez.

— Ah ? Et de quelle raison pourrait-il s'agir ? répliqua-t-il avec un petit sourire en coin.

Son embarras l'amusait, devina Aria. Elle détourna les yeux en espérant qu'il retourne à ses documents et ne voie pas la rougeur qui se répandait sur sa gorge et ses joues.

— Vous êtes encore plus belle quand vous êtes embarrassée, dit-il doucement.

Si doucement qu'elle crut presque qu'elle avait mal compris ses paroles. Mais, lorsqu'elle se décida à le regarder, quelque chose se mit à palpiter entre eux. Les yeux bleus s'assombrirent, descendirent sur son cou, sa gorge...

— Vous rougissez, murmura-t-il. Ma présence vous met-elle mal à l'aise ?

— Non, pas du tout, répondit-elle à la hâte en se levant.

En parfait gentleman, il l'imita aussitôt. Il la dominait encore plus, maintenant qu'elle avait ôté ses talons. Craignant de céder à une impulsion stupide, Aria bredouilla qu'elle allait se rafraîchir et s'éloigna rapidement. Elle devait absolument se ressaisir et se rappeler qu'elle se trouvait à bord de ce jet uniquement parce que Nysio lui avait offert de la ramener à Londres. Pas pour se jeter dans ses bras.

Apercevant une chambre spacieuse d'un luxe inouï par une porte entrouverte, elle faillit y entrer avant de se raviser au tout dernier moment et de franchir la porte située en face. Elle regarda avec envie l'immense douche cascade. Si seulement elle avait eu ses bagages... Elle aurait sauté tout droit dans la douche pour se débarrasser de la boue et de la grisaille de la ville.

Aria contempla son reflet dans le haut miroir. Sa robe avait séché mais lui collait toujours à la peau. Prenant un gant de toilette, elle le passa sous l'eau froide puis se l'appliqua sur le cou et la gorge en laissant échapper un soupir. Impossible de sauver ses bas, hélas... Alors autant s'en débarrasser.

Remontant sa robe sur ses cuisses, elle défit les attaches de son porte-jarretelles et roula un bas sur sa jambe avant de passer à l'autre. Elle venait d'en saisir la bordure en dentelle lorsqu'elle entendit une sorte de plainte étouffée. Se retournant, elle aperçut Nysio, pétrifié sur le seuil.

Alors qu'il avait suivi Aria simplement pour s'excuser de son comportement cavalier, Nysio était tombé en arrêt sur le seuil de la salle de bains, subjugué par la vue de la jeune femme en train de faire glisser lentement le bas souillé sur une jambe au galbe parfait.

Inconsciente de sa présence, elle avait remonté la robe encore plus haut, lui donnant un aperçu de lingerie imprimée noir et rose, et il en avait oublié de respirer. Lorsqu'il avait retrouvé ses esprits et inspiré avidement, il l'avait fait sursauter et elle s'était retournée vers lui, l'air horrifiée.

Nysio leva les mains en l'air et recula d'un pas. La porte était entrouverte, mais tout de même… son attitude n'avait pas été innocente et il ne voulait pas qu'elle ait peur de lui ou le prenne pour un voyeur. Elle l'attirait, un peu plus qu'aucune femme ne l'avait attiré depuis longtemps, mais il savait se contrôler.

— Excusez-moi, je vous ai effrayée sans le vouloir.

— Je peux vous donner un conseil ? répliqua-t-elle d'un ton vif. Ne restez pas sur le seuil d'une pièce sans faire de bruit si vous ne voulez pas effrayer la personne qui se trouve à l'intérieur. Et puis, j'aurais pu être nue.

Il repoussa l'image que cette remarque faisait naître dans son esprit et acquiesça d'un hochement de tête.

— J'étais venu m'excuser de m'être comporté de façon cavalière avec vous, mais il semblerait que je n'aie réussi qu'à aggraver mon cas.

En vérité, Nysio ne se reconnaissait plus. D'abord, ce voyage impulsif aux États-Unis, et maintenant ce détour imprévu par Londres, avec une invitée à bord. Il avait décidé de repartir dès qu'il avait compris que ses demi-frères étaient trop occupés par leur course au mariage pour songer à le menacer. Mais quitter Aria, la laisser seule… Cela ne lui avait pas paru correct. Et maintenant, alors qu'ils se trouvaient à bord du depuis moins d'une demi-heure, il se livrait à des divagations absurdes dans lesquelles elle figurait encore plus dévêtue qu'elle l'était à cet instant et se demandait comment il pourrait l'amener à se dévêtir encore plus qu'elle ne l'était.

— Vous ne m'avez pas incommodée. C'est seulement que… Eh bien, vous continuez à me regarder avec ces yeux de braise, ce regard fixe, alors j'essaie sincèrement de deviner si vous envisagez de m'assassiner une fois que nous serons dans les airs ou si…

— Je n'envisage pas de vous assassiner, l'interrompit Nysio.

Était-elle vraiment inconsciente de l'effet qu'elle produisait sur lui ? Ne ressentait-elle pas la même chose ?

— Je devrais sans doute me sentir soulagée, répliqua-t-elle avec un petit rire nerveux.

Elle baissa les yeux, comme si elle ne pouvait soutenir son regard.

— S'agit-il d'un jeu ? demanda-t-il en s'avançant d'un pas. La robe rose sous la pluie, le refus d'accepter de l'aide… Cette façon de rougir. Est-ce authentique ?

— Bien sûr que c'est authentique !

Elle se dirigea vers lui, le menton haut, et lui appuya un doigt au milieu de la poitrine.

— Comment osez-vous faire des insinuations pareilles ? Je vous rappelle que c'est *vous* qui avez insisté pour m'aider. Et que, si quelqu'un avait besoin d'aide aujourd'hui, c'était vous.

Le souvenir de ces instants calma instantanément sa libido. Il pensait savoir gérer ses crises d'angoisse mais bon, il ne s'était pas éloigné aussi loin de chez lui depuis dix ans.

Comme si elle avait senti son changement d'humeur, elle se rapprocha d'un pas, l'air radoucie.

— Pardon, je ne voulais pas vous rappeler de mauvais souvenirs. Je n'ai pas vu cela comme un signe de faiblesse, je suis sincère. Vous… vous me plaisez, c'est tout.

Il lui plaisait ? Nysio faillit éclater de rire. Eh bien, la chose était réciproque, c'était déjà cela. S'il avait été un gentleman, il serait allé se réfugier à l'autre bout du jet et aurait maintenu le maximum de distance entre eux jusqu'à ce qu'il l'ait déposée saine et sauve en territoire britannique. Il inspira et retint un gémissement en humant le parfum délicieux qui émanait d'elle et inondait ses sens.

— Je… ne porte pas de parfum.

Levant les yeux, il croisa son regard et réalisa qu'il avait dû s'exprimer à voix haute.

— C'est votre savon, peut-être ?

— Ou alors vous avez un problème olfactif, répliqua-t-elle en se mordant la lèvre.

Elle se moquait de lui. Mais, plutôt que d'en être offensé, Nysio sourit, frappé par le côté absurde de cette situation. Il avait compté jouer les chevaliers servants, or cette femme continuait à le surprendre sans cesse. Pouvait-il lui en vouloir de sentir aussi bon ? Brusquement, il eut envie de rire et fut choqué par la sensation d'euphorie qui l'envahissait. Sa vie était-elle si terne qu'une simple petite joute verbale suffisait à l'émouvoir ?

Le rire mélodieux qui fusa des lèvres couleur cerise le fascina. Le goût de cette belle bouche pulpeuse serait-il aussi délectable que ce délicieux parfum qui lui caressait les narines ? Le désir le lancina. Réalisant soudain combien ils étaient proches l'un de l'autre, Nysio voulut reculer lorsque leurs regards se croisèrent à nouveau et qu'il fut sidéré par la profondeur et le sérieux qui se lisait dans celui d'Aria. Au lieu de reculer, il se rapprocha sans même s'en rendre compte tandis qu'elle vacillait vers lui. L'instant d'après, elle était dans ses bras et cherchait sa bouche.

Nysio s'autorisa une caresse sur les lèvres offertes avant de se forcer à écarter le visage du sien.

— Je n'avais pas d'arrière-pensée quand je t'ai proposé de t'emmener, dit-il avec effort en la regardant dans les yeux. Je ne voudrais pas que tu penses que c'est ce que j'attends de toi... en guise de défraiement, en quelque sorte. Je peux encore te trouver un autre vol.

Il était sincère. Il la laisserait descendre du jet si elle le souhaitait. Et il la ferait monter à bord du premier avion en partance pour Londres.

Aria le dévisagea en silence, l'air... déçue.

— Mais ce n'est pas ce que je veux, avoua Nysio, choqué par sa propre franchise.

— Tu ne veux pas que nous nous séparions ?

— Et toi ? Que veux-tu ? demanda-t-il, le regard rivé au sien.

Durant quelques instants, elle parut réfléchir, puis se mordit la lèvre.

— Je veux rester ici, chuchota-t-elle. Avec toi.

Il passa le bout du doigt sur la bouche pleine avant de refermer les mains autour du cou gracieux. Elle le regarda en silence, les pupilles dilatées. Puis, d'un imperceptible hochement de tête, elle acquiesça à sa demande muette. Nysio pencha la tête et lui caressa la mâchoire avec ses lèvres, grisé par ce parfum qui le rendait fou. Quand il appuya un bref instant sa bouche sur le cou à la peau douce comme de la soie, Aria se mit à trembler.

S'adossant à la cloison, il fléchit légèrement les jambes et agrippa l'étoffe rose pour l'attirer vers lui en même temps qu'il l'asseyait en amazone sur sa cuisse.

— Sens-tu la même énergie vibrer dans tes veines ? Le même désir que celui qui me dévore ?

— Oui, murmura-t-elle en fermant les yeux, troublée par sa voix rauque.

Elle était prête à se donner à lui, tout entière, mais une part de lui-même souhaitait encore qu'elle parte, qu'elle le fuie, que cette folie cesse. Il ne pouvait s'empêcher de se méfier de l'attirance qui palpitait entre eux. Cela paraissait trop simple, trop facile.

Mais l'issue en était inexorable.

— Je veux assouvir ton désir, dit-il contre les lèvres au goût fruité. Le veux-tu aussi ?

3

— Oui.

Aria eut à peine le temps de chuchoter ce petit mot que Nysio prit sa bouche avec passion. Il embrassait comme un dieu et elle… elle s'abîmait dans ce baiser, dans cette folie qui les possédait tous deux.

Elle aurait voulu que cette merveille ne s'arrête jamais. Que le brasier que cet homme avait allumé en elle la consume tout entière. Jamais elle n'avait ressenti pareille excitation, pas même les quelques fois où elle avait aimé le sexe. Elle n'avait jamais pu s'abandonner complètement, cesser de penser.

Alors que là, avec Nysio, Aria avait l'impression de tomber en chute libre dans le plaisir. C'était la seule façon de décrire la sensation qui avait pris possession de tout son être. Elle avait la gorge sèche, son pouls battait la chamade tandis que les lèvres de Nysio glissaient sur son cou. Il posa une main sur sa joue et descendit l'autre sur son flanc, sa taille, sa hanche…

— J'ai désiré faire cela dès l'instant où je t'ai vue, murmura-t-il contre sa peau.

Il s'écarta pour la regarder dans les yeux un bref instant. Aria laissa échapper un petit gémissement quand il enfonça les doigts dans sa chair à travers l'étoffe. Une lueur sauvage traversa les yeux bleus, puis il pencha la tête et reprit l'exploration interrompue. Les lèvres câlines longèrent la clavicule en même temps que la main quittait sa joue et caressait bientôt un mamelon durci.

— Tu es si réactive... Si spontanée... Même lorsque tu te contrôles, ton visage me révèle ce que tu ressens et ce à quoi tu penses.

— Et à quoi je pense en ce moment ? demanda-t-elle doucement en glissant les doigts dans les boucles épaisses et soyeuses.

— Tu te demandes si je surestime mes capacités ou si je vais vraiment te faire jouir, là, maintenant.

— Oh... Tu en es capable ? murmura Aria, taquine.

— La question n'est pas de savoir si j'en suis capable, répliqua-t-il avec un petit sourire en coin incroyablement sexy, mais de savoir par quoi tu aimerais que je commence.

L'éclat brûlant du regard de Nysio redoubla son excitation. La chaleur se répandit entre ses cuisses. Elle aurait dû dire quelque chose de drôle ou d'intelligent, cependant rien ne venait. Le silence ne lui avait jamais convenu, ça la rendait nerveuse. Aria sourit, les lèvres pincées. Mais, à l'instant où elle les entrouvrit pour parler, il pencha la tête et reprit sa bouche avec fièvre.

Elle croyait avoir déjà été embrassée. Elle se souvenait vaguement de ce qu'elle avait ressenti alors, mais ce qu'elle vivait maintenant était complètement différent. Son corps vibrait d'une énergie délicieuse, elle éprouvait une euphorie inconnue, tandis que les mains puissantes et chaudes lui tenaient le cou et que Nysio dévorait littéralement sa bouche.

Le baiser était possessif, prédateur. Vu son expérience passée avec un mâle dominateur et fortuné, elle aurait dû s'enfuir. Alors, pourquoi ne s'échappait-elle pas ? Pourquoi enfonçait-elle au contraire les ongles dans les bras de cet homme superbe et sexy pour le retenir ?

Jusqu'à présent, Nysio s'était manifestement contenu. Il y avait maintenant quelque chose de brutal, de tempétueux dans cet assaut sensuel. Il la souleva de son perchoir et la reposa sur ses pieds avant de lui appuyer les reins contre le meuble à tiroirs. Quand il la renversa en arrière, Aria tressaillit au contact du marbre froid, mais au même instant la bouche chaude de Nysio descendit sur sa gorge.

— J'ai attendu si longtemps d'être seul avec toi, murmura-t-il entre deux baisers.

Il soupesa ses seins et les caressa à travers sa robe.

— Nous nous sommes rencontrés il y a à peine une heure, répliqua-t-elle dans un souffle.

— Peu importe, décréta-t-il, péremptoire, en dénudant un sein.

Le murmure appréciateur aurait dû chasser toute appréhension, mais Aria se souvenait de ce qui lui était arrivé autrefois et ne pouvait s'empêcher de se répéter qu'elle devait rester prudente.

Le sexe avait toujours été problématique pour elle. Son esprit ne s'arrêtait jamais de carburer. Il vagabondait et analysait tout ce qu'elle vivait, ressentait. Sans doute était-ce à cause de cette hyperactivité mentale qu'elle n'avait jamais eu d'orgasme autrement qu'en se caressant elle-même. Quand elle se retrouvait au lit avec un homme, la petite voix intérieure se manifestait toujours au moment où elle allait s'abandonner à la jouissance. La voix de Theo lui disant qu'elle ne serait jamais douée pour le sexe et qu'elle devrait lui être reconnaissante de coucher avec elle.

Mais elle ne voulait pas s'arrêter maintenant, de crainte

d'effrayer Nysio, aussi s'agrippa-t-elle plus fermement à lui au lieu de le repousser.

Il se pencha en avant, pressant la puissante érection contre son ventre. Puis il prit sa main et la posa… là.

Le geste était si osé, la preuve du désir de Nysio si impressionnante, qu'Aria faillit le supplier de la prendre tout de suite. Il dut penser la même chose car il jeta un coup d'œil alentour, le souffle court, puis, d'un geste de la main, dégagea le dessus du meuble, envoyant valser flacons de savon et autres lotions. Aria baissa les yeux avec incrédulité. Le meuble avait l'air solide, pas de problème, mais elle n'était pas bien grande. Il ne pensait tout de même pas qu'elle allait se hisser là-dessus pour qu'il…

— Je peux t'aider ?

Sans attendre sa réponse, il la saisit par les hanches et l'assit sur le marbre couleur ivoire.

L'espace d'un instant, il se contenta de la regarder, avec une expression à la fois si révérencieuse et avide qu'elle trembla de désir. Puis il se glissa entre ses cuisses et l'embrassa partout. Il aimait vraiment ses seins. Mais il aimait aussi son cou… et ses lèvres. Aria le comprit aux murmures appréciateurs qu'il laissait échapper entre deux baisers et qui l'aidaient à se détendre un peu plus à chaque nouvelle caresse. Mais, lorsqu'il commença à remonter sa robe sur ses cuisses, elle se raidit.

— Attends, chuchota-t-elle. Je ne sais pas si je…

Il s'arrêta aussitôt, leurs corps restant étroitement enlacés et quelques millimètres à peine séparant leurs visages. Un rire guttural franchit les lèvres de Nysio puis il secoua la tête. Aria se prépara à l'entendre s'excuser mais, au lieu de se ressaisir et de se redresser, il lui repoussa doucement une mèche de cheveux derrière l'oreille.

Puis ils se dévisagèrent un moment en silence. Elle sentait

toujours le relief de la puissante érection nichée entre ses cuisses. Le désir de soulever les hanches pour se rapprocher encore de ce membre excité et chaud était presque insupportable. Nysio dut ressentir le même désir car il lui reprit les hanches avant de s'immobiliser en poussant un lent soupir.

— Je n'ai pas de préservatifs.

— Ah…, murmura Aria, honteuse de ne pas y avoir pensé de son côté. Je suis sous contraception. Je n'ai pas fait l'amour depuis longtemps, mais je sais que je suis saine et en bonne santé.

— Moi aussi, dit-il en lui caressant l'intérieur des cuisses. Je n'ai pas approché de femme depuis plusieurs années.

Était-ce pour cela qu'ils brûlaient de la même fièvre ? Se servait-il d'elle pour sortir d'un trop long célibat ? Et alors… Elle aussi se servait de lui, après tout.

— Tout ce que je sais, c'est que je ne peux pas m'arrêter de te toucher, de te caresser. Je ne *veux* pas m'arrêter, poursuivit-il, la voix rauque.

— Alors ne t'arrête pas, chuchota Aria.

Elle le regarda dans les yeux et sentit un rire incrédule lui monter aux lèvres. Elle allait vraiment le faire. Elle allait faire l'amour avec ce mâle superbe, à bord d'un jet privé.

Nysio pencha la tête et posa les lèvres sur son sein.

— Je sens battre ton cœur sous ma langue, dit-il doucement.

Toutes sortes de pensées défilèrent dans l'esprit d'Aria. Les raisons pour lesquelles elle n'aurait pas dû accepter la proposition d'un inconnu et se trouver là avec lui. Mais elle avait passé trop de temps à refréner ses impulsions, à être sage. Alors peut-être que, rien qu'une fois, au lieu de culpabiliser à propos de ses choix de vie, elle pouvait simplement faire ce dont elle avait envie.

Aria fit glisser les bretelles de son bustier et de son soutien-gorge sur ses bras, dénudant complètement ses seins.

— Cela fait longtemps, répéta Nysio. Je ne sais pas si je pourrai être doux.

— Je ne vais pas me briser, répliqua-t-elle, excitée par ces paroles.

Mais elle ne mentait pas. Elle avait toujours nourri ce fantasme sans jamais avoir pu le réaliser. Être prise vite et fort. Sans préliminaires, sans avoir le temps de réfléchir à rien.

Sa réaction parut faire tomber les dernières hésitations de Nysio. Il baissa encore la robe d'un geste brutal. Aria laissa échapper un halètement suivi d'un petit rire nerveux quand il glissa les doigts sous son string et l'écarta. Leurs regards se croisèrent, restèrent soudés, puis il sourit et éclata d'un rire mâle et incroyablement sexy avant de reprendre sa bouche.

Dès la première pression de son érection sur le sexe offert et chaud, Nysio faillit perdre complètement la tête. Cette femme fascinante et incandescente avait fait exploser sa vie avec la force d'un ouragan. Incapable d'attendre plus longtemps, il la pénétra d'un lent et torturant coup de reins.

La sentant se raidir légèrement, il écarta son visage du sien et la regarda, inquiet et confus.

— Tout va bien, murmura-t-elle. Pour moi aussi, ça faisait longtemps.

À en juger par la tension qui empreignait ses traits fins, elle minimisait son inconfort. Il aurait dû mieux la préparer. Il s'y était pris comme un adolescent fougueux incapable de maîtriser son désir.

— Si tu pouvais juste..., commença-t-elle en respirant lentement.

Nysio se retira de quelques centimètres à peine avant de s'enfoncer de nouveau en elle.

— Oui... comme ça.

— Pardon. J'aurais dû y aller plus doucement.

En vérité, il devait faire un effort surhumain pour ne pas accélérer la cadence et la posséder à fond.

— Non, c'est parfait. Tout est parfait.

Ils gémirent bientôt à l'unisson ; leurs corps ne faisaient plus qu'un. Il accéléra petit à petit le rythme de ses poussées et, cette fois, Aria n'opposa aucune résistance. Au contraire. Sa peau était douce et avait un goût délicieux mais il s'en délecterait plus tard. La prochaine fois. Quand il lui ferait l'amour en prenant tout son temps. Elle ne quitterait pas son lit avant d'avoir crié de plaisir, épuisée et répétant son prénom à n'en plus finir. Après lui, tous les autres hommes lui paraîtraient insipides. Il la ferait sienne.

Cette pensée le sidéra, l'amenant à ralentir, le souffle court et le cœur lui martelant la poitrine. Trop tard. Il avait passé le point de non-retour. Nysio donna un coup de reins vigoureux, instaurant un va-et-vient de plus en plus rapide, de plus en plus puissant tandis qu'Aria l'encourageait en poussant de petits cris qui redoublaient son plaisir. À ce rythme-là, il ne ferait pas long feu...

Nysio s'immobilisa, son membre excité enfoui dans la merveilleuse chaleur, ferma les yeux dans une tentative désespérée de retarder l'assaut final. Cette impétuosité, ce manque de sophistication..., il ne les avait pas éprouvés depuis sa jeunesse. Même alors, il savait attendre que ses partenaires aient atteint l'orgasme avant de s'y abandonner lui-même. Mais il était en elle et elle ondulait des hanches, l'invitant à reprendre la cadence sauvage interrompue. Elle croisa son regard, l'air soudain vulnérable. Il pencha la tête et l'embrassa avec passion pour la rassurer, lui faire comprendre que tout allait bien. Trop bien, en vérité. D'une main, il lui écarta encore les cuisses et caressa son clitoris gonflé.

Aria battit des cils, dardant sur lui un regard noyé de plaisir. Puis elle bougea les hanches pour guider ses doigts et se mit à haleter sans retenue, exacerbant sa propre excitation.

— Oui, jouis pour moi, ordonna-t-il en s'efforçant de contenir la marée qui menaçait de l'emporter lui-même.

Mais, lorsqu'elle se mit à crier, Nysio ne put plus résister à la déferlante. Il poussa un juron rauque, donna un coup de reins puissant, un second, et fut terrassé par des flots de volupté.

Avant de redescendre rapidement sur terre et de regarder Aria en scrutant ses traits.

— Pardon. Je ne voulais pas que cela arrive aussi vite. Pas avant que tu aies joui.

Elle évita son regard, les joues rose vif.

— C'est bon. Je n'ai jamais pu… aller jusque-là.

— Pas même en te caressant toi-même ?

Elle devint écarlate.

— Ce n'est pas la même chose.

— Si.

De plus en plus embarrassée, elle voulut se redresser, mais Nysio l'en empêcha en lui appuyant doucement la main sur la gorge. Elle n'avait pas l'habitude que l'on se soucie de son plaisir, c'était évident. La tension raidissait les magnifiques épaules rondes, crispait les belles lèvres pulpeuses.

— Tu n'étais pas loin… Je me trompe ? murmura-t-il en refermant la main sur le sexe à demi couvert par la soie. Tu étais près de jouir pour moi.

Quand il glissa les doigts sur l'intérieur d'une cuisse à la peau satinée, Aria laissa échapper un halètement.

— Tu n'as pas à te préoccuper de cela, tu sais, chuchota-t-elle.

Penchant la tête, il se concentra sur les seins épanouis et prit tout son temps pour les goûter. Il avait envie de la dévorer tout entière. Il se sentait sauvage et indomptable, à mille lieues de l'homme toujours maître de soi qu'il était devenu au cours des dix dernières années et au prix de durs combats. Il était prêt à se perdre à nouveau dans cette femme ensorcelante, sans se soucier des conséquences de ses actes.

Il la regarda, lui saisit un poignet et le lui remonta au-dessus de la tête. De l'autre main, il vérifia qu'elle était prête pour lui en observant son visage. Il vit les yeux verts s'assombrir. Elle se mit à respirer plus vite et remua imperceptiblement les hanches.

— Je veux te sentir jouir sur ma langue, lui chuchota-t-il à l'oreille.

Elle se raidit légèrement, tout en continuant cependant de presser ses courbes affolantes contre lui.

— Non. Pas la langue, s'il te plaît. Caresse-moi, c'est tout.

— Comme tu voudras, chuchota Nysio avant de s'agenouiller devant elle.

Un deuxième doigt rejoignit le premier tandis qu'il gardait le même rythme jusqu'à ce qu'Aria soulève les hanches. Il accéléra, juste ce qu'il fallait, et lui écarta les jambes. Quand il atteignit un point précis, tout au fond, elle lui agrippa les cheveux en se tortillant et en poussant les cris les plus délicieux qu'il ait jamais entendus. Il sentit les muscles intimes se contracter autour de ses doigts et s'arrêta.

Cette femme ne lui appartenait pas, elle n'était qu'une inconnue, une étrangère qui avait fait brutalement irruption dans sa vie. Mais, lorsqu'elle le regarda tout à coup, les joues roses et les yeux brillants, Nysio réalisa avec une clarté stupéfiante qu'il avait un besoin vital de faire à nouveau l'amour avec cette femme. Plus qu'il n'avait encore jamais eu besoin de quoi que ce soit.

Sa libido réagit au quart de tour. Il était déjà prêt à recommencer. Il retint un juron. Cela ne lui arrivait jamais. Ne pouvait lui arriver. Aria Dane représentait un danger pour lui, et il s'était beaucoup trop laissé aller avec elle. Mais, quand il plongea son regard dans le sien, Nysio sentit autre chose frémir en lui. Une chose plus sombre et plus profonde que le désir, et infiniment plus dangereuse. Il éprouvait pour Aria le genre de désir qu'il réservait habituellement à ses hobbies et à ses passions qu'il gardait secrètes et qui lui appartenaient en propre.

Il se redressa d'un mouvement brusque et, sans regarder Aria, referma sa braguette tandis qu'elle-même se rajustait à la hâte.

4

Il avait fallu un moment à Aria pour reprendre ses esprits, mais ensuite elle avait vite compris que quelque chose n'allait pas.

— Tu avais dit que tu n'avais jamais joui avec un partenaire.

— En effet, acquiesça-t-elle, le cœur battant à tout rompre.

— Je n'ai jamais été aussi excité. Le simple fait de te voir t'abandonner complètement m'a redonné envie de te prendre, encore et encore.

Nysio avait prononcé ces paroles d'un ton bourru, presque accusateur. Mais ce regard... Il avait l'air torturé. À cause d'elle ? Non, ce n'était pas possible !

Les pensées d'Aria se bousculaient dans tous les sens, dans un indescriptible chaos.

— Nous devrions prendre un moment, poursuivit-il. Ralentir.

— Bien sûr, acquiesça-t-elle poliment.

Un silence s'ensuivit. Elle regarda Nysio s'adosser à la paroi carrelée, le souffle court. Il la fixait comme s'il lui interdisait de bouger. De s'approcher de lui.

Aria expira lentement et s'efforça de reprendre le contrôle de ses émotions. Elle s'était juré de ne plus jamais verser une larme à cause d'un homme qui pouvait se détourner d'elle aussi abruptement que l'avait fait Theo.

Nysio lui avait offert un orgasme fabuleux. Des sensations exquises continuaient de frémir en elle, réclamant davantage. Le réclamant lui, Nysio. Mortifiée, elle rajusta les bretelles de sa robe. Ses mamelons étaient encore durs, pour avoir été littéralement dévorés par la bouche de son merveilleux amant.

— Qu'est-ce que tu fais ?

— J'essaie d'avoir l'air plus présentable, répondit Aria un peu sèchement.

Ils n'avaient même pas encore décollé..., réalisa-t-elle soudain. Et ils allaient passer huit heures ensemble...

— Je n'avais pas prévu ce qui s'est passé, reprit-elle.

— Je n'ai jamais dit que c'était le cas.

— Peut-être, mais j'avais besoin de clarifier ce point, vu que tu me regardes comme si... tu regrettais ce que nous venons de faire.

Il la dévisagea un moment en silence, puis franchit l'espace qui les séparait et lui souleva le menton jusqu'à ce qu'elle le regarde dans les yeux.

— Tu ne pourrais pas être plus éloignée de la vérité. Et toi, tu le regrettes ?

— Nous venons à peine de nous rencontrer, murmura-t-elle. C'est un peu bizarre, pour ne pas dire perturbant.

Les yeux bleus devinrent presque noirs.

— Tu ne réponds pas à ma question. Je viens d'avoir le meilleur orgasme de ma vie et j'ai déjà envie de recommencer.

Aria le regarda, suffoquée. S'il disait vrai, pourquoi avait-il mis de la distance entre eux après lui avoir offert à son tour un orgasme fabuleux ? Elle frissonna à ce souvenir. La façon dont il la regardait maintenant, les sensations qu'il faisait naître en elle... Elle avait toujours pensé que les gens mentaient en disant que le sexe pouvait être addictif. Pour elle, cela avait toujours été une performance, parfois même une corvée. Mais à présent… elle comprenait de quoi ils parlaient.

— Je ne regrette rien, Nysio, dit-elle en lui posant la main sur l'épaule. Et moi aussi j'ai eu le meilleur orgasme de ma vie.

Elle voulait simplement lui montrer qu'elle comprenait, qu'elle voyait bien que cet abandon total l'affectait autant qu'elle. Mais son geste et ses paroles suffirent à déclencher un nouvel accès de folie.

Cette fois, lorsque Nysio prit sa bouche, ce fut sans aucune retenue. Comme si ce qu'ils venaient de partager n'avait été qu'un prélude. Il l'embrassait presque sauvagement, prenant et exigeant, sa langue entraînant la sienne dans un ballet enivrant. Il avait refermé les mains sur sa taille et la tenait fermement, comme s'il craignait qu'elle veuille s'en aller.

D'un autre côté, Aria savait que, si elle lui demandait de s'arrêter, il le ferait. Ce qui se passait entre eux ne relevait pas d'un jeu de pouvoir. Il ne s'agissait pas non plus de manipulation. C'était du désir pur et élémentaire.

— Tu as dit que tu avais envie de recommencer… Eh bien, prends-moi, dit-elle crûment.

Elle était déterminée à profiter des moindres instants de plaisir qu'il lui offrirait. Sachant que, dès l'aube, elle retournerait à la dure et froide réalité de sa vie à Londres.

— Nous allons bientôt décoller. Mais tu aimerais peut-être te rafraîchir un peu ? murmura-t-il en commençant à lui ôter sa robe.

Elle le laissa faire et sentit bientôt la soie se répandre autour de ses pieds. Mais, lorsqu'il voulut dégrafer son soutien-gorge, elle dut l'aider.

— Ce n'est pas encore bien au point, comme système. Je dois encore améliorer ce détail.

— C'est toi qui as conçu ces sous-vêtements ? demanda Nysio en haussant les sourcils. Tu es styliste ?

— J'espère le devenir, répondit Aria en souriant.

C'était étrange, et presque plus intime, de parler de cela avec Nysio que de coucher avec lui. Mais, sans plus réfléchir, elle lui raconta tout à trac son projet de lancer une collection de lingerie grande taille qu'elle présenterait lors de l'évaluation de son équipe qui aurait lieu le lendemain, devant les responsables du grand magasin où elle travaillait. Elle expliqua à Nysio que ce n'était pas gagné d'avance mais qu'elle devait essayer. Elle connaissait à fond les aspects achat et merchandising, et elle avait maintenant acquis l'expérience de la création et de la fabrication. En résumé, elle avait expérimenté toutes les étapes et savait que son idée était bonne. Ne restait plus qu'à en convaincre ses supérieurs.

Si Nysio fut surpris ou gêné par son enthousiasme, il n'en montra rien. Il contempla le soutien-gorge en soie imprimée rose et noir, examina les coutures et le baleinage sur lequel elle avait travaillé des heures pour ses examens finaux, puis le déposa précautionneusement sur le meuble en marbre comme s'il s'agissait d'une œuvre d'art.

— Si tu mets autant de passion dans tout ce que tu fais, ils devraient se réjouir de t'avoir parmi eux et valider ton projet. À leur place, je le ferais. Les gens passionnés sont rares de nos jours. Tout tourne autour de la routine, la conformité... et l'argent.

— Quand on a des difficultés de concentration et une tendance à l'hyperactivité comme moi, l'excitation est un moteur. Et l'ennui et la routine sont particulièrement pénibles.

Nysio acquiesça d'un hochement de tête tandis qu'une lueur étrange traversait son regard.

— Nous sommes différents des autres, n'est-ce pas ? dit-il

soudain. C'est peut-être pour cela que tu m'attires autant. Tu me fais l'effet d'une injection de pure énergie. Je ne m'étais pas senti aussi vivant depuis une éternité.

La chemise blanche rejoignit la robe sur le sol, bientôt suivie du reste de ses vêtements. Puis, lui prenant la main, il l'entraîna vers la douche et appuya sur un bouton qui déclencha une cascade d'eau délicieusement chaude.

Le regard plongé dans le sien, Nysio bascula les hanches en avant et pressa son érection contre elle.

— Une fois que nous serons dans les airs, je te transporterai dans un vrai lit dont tu ne sortiras pas de sitôt.

Aria se réveilla en sursaut et mit quelques instants à se rappeler où elle se trouvait. Le lit était vide et les draps blancs froissés..., souvenir de leurs ébats brûlants de la nuit passée. Elle tendit l'oreille mais aucun bruit ne lui parvint. Nysio n'était plus là, comprit-elle en refoulant sa déception.

Ils avaient atterri à Londres avant l'aube, et ce qui aurait dû être un baiser d'adieu s'était transformé en une nouvelle étreinte passionnée. Elle avait dû s'endormir peu de temps après... et Nysio était parti.

Maintenant, elle se retrouvait coincée là, nue... Aria repensa à sa robe et aux sous-vêtements gisant sur le sol de la salle de bains et se sentit devenir écarlate avant de se reprocher ce stupide accès de pudeur. Pas question d'avoir honte de cette folle nuit qui avait été pour elle une véritable révélation.

Mais son merveilleux amant l'avait-il vraiment quittée sans même lui dire adieu ?

Eh bien tant pis. Elle ne s'apitoierait pas sur son sort.

Elle inspira profondément, se leva et s'enveloppa dans le drap, façon toge. Le mur-miroir de la luxueuse cabine lui renvoyant son reflet, Aria se trouva ridicule avec ses yeux de raton laveur et ces restes de chignon pendouillant d'un côté.

Les souvenirs de la nuit l'assaillirent avec une telle force qu'elle fut bien forcée de reconnaître que tout avait été réel, même si, au fond, elle avait du mal à y croire. Elle avait bel et bien été séduite et comblée par un milliardaire dans un jet privé qui survolait l'Atlantique. Elle ne regretterait rien, d'autant plus que des ondes délicieuses continuaient de parcourir son corps. Ils étaient adultes tous les deux, après tout.

Nysio ne l'avait pas enlevée, elle était montée à bord de son plein gré. Elle avait cédé à la tentation, et plus d'une fois. Aria ferma les yeux et laissa échapper un soupir tremblant. Jusqu'à cette folle nuit, elle avait ignoré que son corps pouvait fonctionner de cette façon. Elle savait qu'en matière de sexe elle n'avait vécu que des expériences médiocres, mais cette fois-ci... Durant les huit heures qu'avait duré le vol, Nysio lui avait fait découvrir un monde de volupté insoupçonné. Il lui avait fait l'amour encore et encore, avant qu'elle ne finisse par sombrer dans une sorte d'état comateux.

Maintenant, elle ferait mieux de se remuer, songea-t-elle en entrant dans la salle de bains. Mais, vu qu'elle devrait porter la même tenue que la veille, elle se contenta d'une toilette rapide et ne prit pas de douche. De retour dans la chambre, elle chercha en vain son pendentif, avant de jeter un nouveau coup d'œil à son reflet et de soupirer en voyant son allure pitoyable.

Lorsqu'elle sortit de la chambre et s'avança gauchement dans la cabine principale pieds nus, un seul membre de l'équipage se trouvait encore à bord. Elle retrouva facilement ses escarpins et sa pochette. Tout allait bien. Elle vit l'heure affichée sur l'un des écrans. Il lui restait assez de temps pour passer chez elle à Richmond et se changer.

Mais, au moment où elle descendait du jet, une voiture noire s'arrêta sur le tarmac. La portière s'ouvrit, et la haute silhouette familière se redressa devant Aria qui, consciente de son aspect minable, lui adressa un sourire forcé.

— Excuse-moi d'être parti sans te prévenir, mais tu avais besoin de sommeil et j'ai dû aller régler un petit problème avec l'officier des douanes.

Il ouvrit la portière arrière du véhicule et se pencha pour prendre quelque chose sur le siège.

— J'espérais te rapporter ceci avant que tu te réveilles.

Sidérée, Aria regarda la valise qu'il tenait à la main. Sa valise, rose néon...

— Comment as-tu fait pour la récupérer chez Priya ?

— J'ai du personnel efficace, répondit-il avec un haussement d'épaules.

Qu'avait-il en tête, au juste ? se demanda-t-elle en le dévisageant en silence. Mieux valait ne pas tirer de conclusions trop hâtives de son comportement. Elle lui avait dit clairement qu'elle n'attendait rien de lui, qu'elle considérait cette nuit de plaisir comme une aventure sans lendemain. Alors pourquoi la lueur couvant dans les yeux bleus lui faisait-elle battre le cœur ?

— Je t'attends ici pendant que tu te prépares.

Aria prit la valise qu'il lui tendait et regagna la salle de bains, le cœur battant trop vite et trop fort. Il n'avait pas besoin de se donner autant de mal pour retrouver ses affaires. Mais quand elle ouvrit la valise et vit le pantalon taille haute noir et le chemisier bleu pastel choisi spécialement pour sa présentation, elle sentit l'émotion lui nouer la gorge.

C'était la fatigue. Et la nervosité. Tout ce qui s'était passé la veille, la présentation de son projet... La nuit avec Nysio...

Après une douche éclair, Aria s'habilla et examina son

reflet d'un œil sévère. À partir de maintenant, elle ne penserait plus à cette nuit.

Un soupçon de blush, une légère couche de rouge à lèvres rouge mat… Elle était fin prête.

Chaussée de ses escarpins à bouts pointus et à petits talons, Aria ressortit du jet et descendit lentement les marches. Les reins appuyés contre le capot de sa voiture, Nysio la regarda en entrouvrant les lèvres, les referma, et, pour la première fois depuis qu'ils s'étaient rencontrés, un silence embarrassé s'installa entre eux.

Aria dégageait une sensualité naturelle, habillée ou dans le plus simple appareil. Mais, dans ce pantalon noir et ce chemisier bleu ciel, elle était franchement irrésistible. Peut-être parce qu'il savait maintenant ce qui se dissimulait sous le satin clair. Nysio se demanda si elle portait le soutien-gorge rose et noir et sentit le désir fuser en lui. Décidément, son corps semblait échapper à tout contrôle dès qu'il s'agissait de cette femme.

Pourtant, en dépit de son allure sexy, elle semblait manquer d'assurance. Il aurait dû dire quelque chose. Que la nuit qu'ils avaient partagée avait été merveilleuse. Parce que c'était le cas. Lui dire que lorsqu'il s'était réveillé, après lui avoir fait l'amour toute la nuit, il s'était organisé pour passer quelques jours à Londres. Restait encore à savoir comment elle prendrait sa proposition…

— OK…, dit-elle soudain en évitant son regard. C'est le moment que je redoutais.

— Quel moment ?

— Le moment gênant du lendemain matin, quand on se sépare.

Elle leva les yeux vers lui, un sourire un peu trop éclatant aux lèvres.

— Alors je vais être brève, cela nous facilitera les choses – j'ai demandé au steward de m'appeler un taxi.

— Ah, tu vas nous « faciliter les choses »… Qu'est-ce que tu entends par là, exactement ?

— Eh bien, cela évitera les promesses en l'air et les échanges de banalités. J'arriverai à l'heure à ma présentation et, toi, tu retourneras à ta vie de milliardaire après avoir fait un… petit détour.

— C'est comme ça que tu vois ce qui s'est passé entre nous cette nuit ? Comme un petit détour ?

— Non. Je voulais dire que tout ceci est arrivé sans que nous nous y attendions et que ni toi ni moi ne souhaitons aller plus loin – tu es d'accord avec moi, non ?

Nysio la dévisagea en silence, l'esprit confus. Il se revit la tenant dans ses bras entre deux étreintes fabuleuses. Ils avaient ri, parlé de tout et de rien, superficiellement certes, mais il avait cru comprendre qu'elle avait été salement blessée autrefois. Elle lui avait dit que, depuis, elle sortait rarement avec des hommes, qu'elle se concentrait sur sa carrière.

S'il lui disait qu'il ne voulait pas en rester là, en déduirait-elle qu'il lui proposait davantage qu'une liaison temporaire ?

Autrefois, il avait été certain de se marier un jour, de fonder une famille et de perpétuer la lignée. Mais maintenant… Maintenant qu'il savait ce qu'il en était vraiment de son statut de descendant de la dynastie Bacchetti, que son identité reposait sur un mensonge… Nysio avait décidé qu'il n'imposerait pas cela à ses propres enfants.

— Alors…, fit Aria après s'être éclairci la voix. Merci pour tout.

— Tu me remercies comme si je t'avais rendu un banal service.

— Un immense service ! s'exclama-t-elle en riant.

Son rire sonnait faux. Disparue, la femme enchanteresse sûre d'elle et franche de la veille. Il avait devant lui une étrangère. Les murs qui s'étaient écroulés durant la nuit s'étaient redressés, encore plus impénétrables.

À cet instant, un taxi se gara à côté de sa voiture. Le chauffeur en descendit et, après avoir demandé à Aria si elle était bien Mlle Dane, lui prit sa valise de la main, la déposa dextrement dans le coffre et lui ouvrit la portière arrière.

— Ma présentation commence dans moins d'une heure, c'est pour cela que j'ai demandé au steward de m'appeler un taxi, répéta-t-elle, l'air indécise. J'ai pensé que tu aurais des choses à faire.

— Tu veux dire que tu as pensé que j'avais l'habitude de coucher avec une femme et de m'en débarrasser ensuite comme on jetterait un objet hors d'usage, c'est cela ? Je t'ai promis de te conduire à cet entretien.

Il tourna les yeux vers la voiture qu'il avait louée.

— Et je n'ai pas changé d'avis.

— Oh... C'est très gentil de ta part. Mais ce n'est vraiment pas la peine. Je suis venue à ton aide hier et tu t'es senti obligé de me rendre la pareille. La nuit dernière a été fabuleuse, mais inutile d'y voir autre chose que ce que c'était : un moment très agréable.

Au lieu d'être rassuré par ces paroles, Nysio brûlait de la soulever dans ses bras et de la ramener à l'intérieur du jet. Quand elle se tourna vers lui, il craignit tout à coup qu'elle lui serre la main... Jamais encore il n'avait vécu ce genre de situation. Chaque fois qu'il avait eu une liaison avec une femme, c'était lui qui y avait mis un terme.

Sans plus réfléchir, il prit la main d'Aria et plongea son regard dans le sien.

— Que dirais-tu si je t'invitais à venir me rejoindre à Florence pour un week-end… très agréable ?

— Pourquoi ferais-tu cela ?

— Pourquoi pas ? répliqua-t-il en haussant une épaule. Ça pourrait être amusant.

Aria le dévisagea un instant en silence.

— Si je me laissais aller, je pourrais facilement m'attacher à toi, Nysio. Mais, lorsque je m'attache à quelqu'un, je m'attache complètement, et… ça se termine mal, pour moi.

Elle sourit, mais il y avait quelque chose de triste dans son sourire.

— Alors ne compliquons pas les choses, d'accord ? ajouta-t-elle d'un ton faussement désinvolte.

Sur ces mots, elle l'embrassa sur la joue, se détourna et s'engouffra dans le taxi. Le chauffeur referma la portière. Aria disparut. Nysio retint un juron et s'interdit de regarder le véhicule s'éloigner sur le tarmac.

À bord du jet, un calme bienfaisant régnait. Comme Nysio s'y attendait, Gianluca apparut et lui demanda à quelle heure il souhaitait décoller.

— Insérez-nous dans le prochain créneau disponible, dit-il d'un ton renfrogné.

— Tout va bien, Nysio ? répliqua Gianluca, imperturbable.

Nysio acquiesça d'un hochement de tête, alors qu'au contraire il avait le sentiment que rien n'allait et que tout se liguait contre lui.

5

La présentation se déroula sans anicroche et, quand Aria sortit de la salle de réunion, elle était des plus optimistes et pensait que c'était dans la poche.

Les sensations étranges éprouvées depuis son retour commençaient à s'estomper, mais elle n'avait pas pour autant oublié la nuit brûlante et passionnée qui les avait causées.

Après la présentation, elle travailla sur ses projets habituels tandis que toute l'équipe attendait les résultats de l'évaluation qui lui serait communiquée dans quinze jours.

Personnellement, elle avait envisagé toutes sortes de possibilités, mais jamais elle n'avait imaginé arriver au travail le lundi matin et apprendre que leur rayon avait été entièrement supprimé. Les collections seraient désormais accessibles uniquement en ligne. C'était la nouvelle politique de la maison. Hébétée, Aria prit ses affaires et rentra chez elle après avoir dit au revoir à ses collègues qui avaient comme elle les larmes aux yeux.

Profondément secouée, elle passa presque toute la journée assise sur son canapé à réfléchir. Parce qu'il fallait absolument qu'elle rebondisse, trouve de nouvelles idées.

Une semaine plus tard, elle reçut un bouquet de fleurs magnifiques accompagné d'une petite boîte contenant une chaîne et un pendentif en or quasiment identique à celui qu'elle avait perdu dans le jet.

Elle détacha la petite carte épinglée au papier transparent.

Mon invitation tient toujours. Si tu as un peu de temps libre et envie de changer d'air, la ville de Florence t'attend.

Tu n'as qu'à passer un coup de fil.

N.

Aria effleura le carton blanc ivoire du bout du doigt. Il ne pouvait pas savoir qu'elle avait été licenciée, c'était impossible. Ni qu'elle avait terriblement besoin de réconfort. Durant les trois semaines passées, elle avait songé tellement de fois à cette nuit fabuleuse et à son merveilleux amant. Elle s'était demandé où il était, s'il pensait à elle comme elle pensait à lui. Mais elle se souvenait aussi de l'admiration de Nysio devant ses sous-vêtements et de l'attention avec laquelle il l'avait écoutée parler de ses projets. Il avait paru croire sincèrement à ses chances de succès. Il avait dit qu'elle était passionnée et que les gens passionnés étaient rares.

En vérité, elle ne se sentait pas spécialement passionnée depuis son échec. Mais elle réussissait quand même à trouver de nouvelles idées, à échafauder de nouveaux projets. Une idée encore plus audacieuse, et bien plus risquée, avait commencé à germer dans son esprit. Elle se retrouvait au chômage, mais elle disposait d'un petit pécule car elle avait touché des indemnités de licenciement, lesquelles n'étaient pas négligeables puisqu'elle n'avait pas eu à effectuer sa période de préavis. D'autre part, elle devait pouvoir obtenir un prêt bancaire.

Pouvait-elle envisager de lancer une nouvelle marque de lingerie grande taille toute seule... ?

Elle connaissait à fond le marché de la mode grande taille,

elle était en contact avec nombre de fournisseurs, d'ateliers de fabrication et de revendeurs. Et elle savait que ses croquis étaient bons.

Aria sourit, souleva un échantillon de tulle et sentit toutes sortes d'idées fourmiller dans son esprit. Elle avait passé beaucoup de temps à essayer de brider son énergie mentale et à ne pas faire d'erreurs. Elle s'était battue pour achever ses études de textile, elle avait travaillé dur et avancé professionnellement en sacrifiant son amour des voyages et sa spontanéité. Elle avait souvent rêvé de prendre le temps de s'évader, de s'immerger à nouveau dans le monde et de trouver sa propre voie, de faire ses propres choix, d'avancer selon ses propres lois... Peut-être le moment était-il venu de suivre son instinct ?

Se penchant vers la table basse sur laquelle trônait le bouquet aux couleurs vibrantes, Aria souleva l'enveloppe qu'elle n'avait pas encore ouverte. À l'intérieur, elle découvrit une simple feuille de papier sur laquelle étaient imprimées les coordonnées d'une grande compagnie aérienne suivies des références d'un billet d'avion prépayé.

Pourquoi ne pas profiter de l'occasion pour renouer avec la spontanéité et son goût pour les voyages ?

Nysio poussa un énième juron et referma brutalement le capot de son ordinateur. La concentration lui faisant complètement défaut depuis un mois, il venait de commettre une nouvelle erreur impardonnable dans ses projections, entraînant une perte de capital sans précédent qui aurait mis K.-O. la plupart des sociétés d'investissement. Heureusement pour lui, la sienne était particulièrement solide et, grâce à sa façon bien à lui de la gérer, il disposait de réserves importantes. Mais c'était sa troisième erreur en l'espace d'une semaine si bien que son chef comptable l'avait appelé pour lui demander ce qui se passait.

Et que se passait-il exactement ? s'interrogea Nysio en repoussant son fauteuil en arrière, histoire de ne pas céder au désir de balancer quelque chose contre le mur. Il n'était plus lui-même depuis ce voyage impulsif à New York. C'était la seule explication possible. Notamment le retour de New York…

Une vision de chevelure flamboyante et de peau diaphane l'assaillit. Son estomac se noua, il serra les poings pour endiguer l'assaut de désir qui accompagnait invariablement ces instants où il songeait à elle.

Elle. C'était par ce simple pronom qu'il avait choisi inconsciemment d'évoquer la femme qui occupait ses pensées depuis bientôt un mois, comme s'il craignait de cristalliser son obsession en utilisant son prénom.

Non, il ne s'agissait pas d'obsession, corrigea Nysio en son for intérieur. Il n'était pas sous emprise. Cette nuit passionnée l'avait déstabilisé, voilà tout. Il était resté célibataire trop longtemps, alors c'était naturel d'être ressorti frustré de ces quelques heures passées avec elle. Surtout après qu'elle eut repoussé son invitation aussi facilement.

De retour à Florence, il avait repris ses journées de travail de dix-huit heures réparties entre les divers marchés boursiers internationaux. Il s'était habitué à ces horaires décalés, profitant des temps morts pour aller faire de la musculation au sous-sol ou enchaîner les longueurs dans la piscine chauffée du solarium. Quand il était suffisamment épuisé physiquement et mentalement, il réussissait à dormir. Mais jamais aussi profondément que cette nuit-là, à bord du jet… Et pourtant, ils n'avaient guère dormi.

Nysio se dirigea vers la fenêtre en se demandant pourquoi les souvenirs de cette nuit lui faisaient l'effet d'une drogue. En temps normal, il ne dérogeait à sa routine immuable que pour aller chez ses parents en Sardaigne, un week-end sur deux. Visite bimensuelle qu'il avait repoussée après les révélations concernant l'identité de son père biologique. Sa mère l'avait appelé à maintes reprises, et Nysio subodorait qu'ils avaient compris qu'il les évitait. Mais il se sentait incapable de se retrouver face à eux sachant que son père n'était pas son père et que ses parents lui avaient menti toute sa vie.

Il avait toujours aimé le silence bienfaisant et la solitude qui régnaient au *palazzo* le soir, après que tous les membres du personnel étaient rentrés chez eux en ville, mais ces dernières semaines, une fois que tout le monde était parti, il devenait tendu, nerveux, comme s'il attendait quelque chose. Depuis son retour, il avait essayé de se remettre à quelques-unes des activités paisibles qu'il s'autorisait, lire ou faire l'inventaire de son immense collection de vins, par exemple. Il avait vraiment essayé, à plusieurs reprises, mais les lignes se brouillaient devant ses yeux et son esprit s'évadait immanquablement vers des pensées plus... colorées et plus évocatrices.

Nysio réalisa tout à coup qu'il avait quitté son bureau sans même s'en rendre compte et traversait le *palazzo* en direction du musée qui occupait tout le rez-de-chaussée de la vaste aile est. Il leva les yeux vers les *putti*, les dieux et déesses, et croisa leurs regards moqueurs rivés sur lui. Le musée avait toujours été l'endroit préféré d'Arturo Bacchetti, avant que lui et Cora se retirent dans le domaine viticole de Sardaigne. Nysio y venait moins souvent depuis que certaines salles étaient de temps en temps ouvertes au public.

C'étaient leur immense fortune et leurs riches collections d'œuvres d'art qui avaient fait des Bacchetti une famille puissante et à l'autorité reconnue. Mais pas seulement. Ils avaient mérité leur statut parce qu'ils s'impliquaient activement, et généreusement, dans le fonctionnement de la ville, notamment par le biais de la fondation qu'ils avaient créée et qui chapeautait diverses organisations et associations caritatives. Par ailleurs grands mécènes, ils soutenaient nombre d'artistes locaux. Beaucoup de familles nobles s'étaient éteintes au fil des siècles, mais la leur avait survécu. Cent ans plus tôt, cela avait peut-être permis aux Bacchetti de couler des jours tranquilles, à l'époque où ils étaient encore très nombreux et où leur dynastie fonctionnait selon une hiérarchie immuable.

À présent, il ne restait plus que Nysio.

Passant le doigt le long de la vitrine qui protégeait un trône d'or vieux de quatre cents ans, il se demanda si, en brisant un objet précieux, il sortirait de ce fichu marasme dans lequel il s'engluait.

Comme s'il avait senti à distance sa tentation de détruire une part du précieux patrimoine auquel Nysio était pourtant très attaché, Gianluca apparut sur le seuil de la salle.

— Vous ne quittez pas votre bureau à cette heure-ci, d'habitude, dit-il en posant sur le sol un carton de dépliants touristiques fraîchement imprimés avant de regarder Nysio d'un air inquiet.

— Je suis aussi bien ici, soupira ce dernier.

Il jeta un coup d'œil à sa montre et réalisa qu'on était déjà en fin d'après-midi.

— Les marchés boursiers me boudent aujourd'hui, poursuivit-il. Aussi ai-je décidé qu'il valait mieux pour tout le monde que je prenne un peu de recul.

— Cela ne vous ressemble pas, répliqua Gianluca en fronçant les sourcils. Seriez-vous souffrant ?

— Non, pas du tout, rétorqua vivement Nysio.

Il allait bien, il irait bien. Il finirait par aller bien... Son état lui rappelait ce qu'il avait ressenti quand ils avaient appris qu'Arturo souffrait de la maladie de Parkinson, et que lui-même avait promis d'assumer pleinement son rôle d'héritier. De remplir le devoir hérité à la naissance, même si celui-ci l'étouffait. Il sortait à peine de l'université, à l'époque, et menait une vie de débauché et de rebelle. Mais quelle était son excuse, à présent ?

Le fait d'avoir passé moins de douze heures avec la femme la plus attirante qu'il ait jamais rencontrée ne suffisait pas à expliquer ce changement radical de personnalité. C'était ridicule, suprêmement irritant, et il ne le tolérerait pas.

— Nysio, je ne comptais pas vous en parler, mais... vous souvenez-vous de l'« invitée » que nous avons déposée à Londres il y a un mois ?

Nysio resta pétrifié devant la vitrine, puis se tourna lentement vers Gianluca.

— Qu'avez-vous à me dire sur elle ?

— Elle est à Florence.

Leurs regards se croisèrent.

— Elle est passée aux bureaux de la fondation hier et a fait un don destiné au service d'aide au logement, d'un montant correspondant exactement au prix de son billet d'avion.

Un frisson glacé traversa Nysio.

— Elle est encore à Florence ?

Gianluca hocha la tête.

— Du moins elle l'était ce matin. Mais son vol de retour est prévu pour demain.

Nysio retint un grondement. Elle était à Florence depuis une journée entière et il n'en avait rien su. Elle s'était trouvée à quelques centaines de mètres de lui... Mais qu'est-ce que cela signifiait ? Si elle avait eu accepté sa proposition, elle aurait poussé jusqu'au *palazzo*. Elle serait venue à lui. Ou l'aurait appelé.

Un étau lui enserra la poitrine.

— Merci de m'en avoir informé, Gianluca.

— C'est tout ce que vous avez à dire ? fit le fidèle serviteur de la famille en écarquillant les yeux.

— Vous souhaitiez discuter d'autre chose ? Je dois retourner travailler.

Sans attendre la réaction de Gianluca, il regagna son bureau et s'assit dans son fauteuil en dominant à grand-peine l'énergie qui bouillonnait en lui tandis qu'il tournait et retournait dans son esprit la nouvelle stupéfiante qu'il venait d'apprendre. Cédant à une impulsion, Nysio sortit le pendentif de sa poche et contempla la lettre d'or entourée d'anneaux. Il l'avait trouvé après le départ de Londres, sous le lit, cassé, sous doute pour avoir été écrasé sous son pied ou celui de sa propriétaire.

Il l'avait réparé, mais avait décidé de lui en envoyer une copie après avoir appris qu'elle avait été licenciée. Et sans prévoir que, chaque fois qu'il le tiendrait dans sa main, il reverrait le bijou osciller devant ses yeux tandis qu'elle le chevauchait et se penchait pour qu'il puisse aspirer entre ses lèvres un…

La voix de Gianluca le ramena brutalement au présent.

— Je voulais simplement vous dire que la dame en question souhaitait peut-être que vous sachiez qu'elle était à Florence. Sinon, elle n'aurait pas laissé ce mot.

— Quel mot ? demanda Nysio en levant les yeux.

Gianluca sourit d'un air entendu.

— Cela doit faire au moins cinq ans que je ne vous ai pas vu manifester de l'intérêt envers une femme.

Nysio plissa les yeux pour lui faire savoir qu'il n'appréciait pas que l'on plaisante sur le sujet. Gianluca comprit aussitôt et activa l'écran de sa tablette informatique avant de la poser devant lui en disant d'un ton neutre :

— Il ne m'a été communiqué qu'aujourd'hui.

Ces paroles lui parvinrent à travers une sorte de brouillard tandis qu'il lisait les quelques lignes dans lesquelles elle le remerciait pour le billet d'avion. Comme elle n'avait pas repris contact avec lui après l'envoi du pendentif, des fleurs et du billet, il en avait conclu qu'elle était restée sur ses positions et ne souhaitait pas le revoir. Mais le fait qu'elle ait rédigé ce mot sur du papier portant l'en-tête de l'hôtel où elle était descendue changeait tout. Nysio sourit, inspira, et sentit l'étau se desserrer.

— Annulez mes rendez-vous de demain, Gianluca. Ainsi que tous ceux du week-end.

— Où allez-vous ?

— Retrouver la spontanéité, répondit-il par-dessus son épaule en sortant de son bureau à grands pas.

Aria était littéralement tombée sous le charme de Florence.

Pendant deux jours, elle avait arpenté les rues pavées flanquées d'élégants palais de style Renaissance, de basiliques aux façades de marbre et de musées regorgeant d'œuvres d'art plus belles les unes que les autres.

Mais, tout en déambulant au milieu de ces merveilles, elle ne pouvait s'empêcher de jeter des regards par-dessus son épaule, comme si tout à coup elle allait rencontrer une paire de magnifiques yeux bleus qui l'observaient.

Rien ne l'obligeait à laisser un mot avec le don versé à la Fondation de Nysio, mais cela avait été plus fort qu'elle. Aria s'était dit qu'elle souhaitait juste lui faire savoir qu'elle avait utilisé son billet d'avion.

Peut-être était-elle venue aussi à Florence avec une idée derrière la tête. En revanche, elle n'aurait jamais pu se résoudre à prendre contact avec lui et à sauter dans un avion pour venir le rejoindre…

Cependant Aria ne pouvait nier qu'elle était déçue et qu'elle avait espéré le revoir. C'était son dernier soir à Florence, et sa petite valise était déjà prête. Elle était impatiente de démarrer son projet. Comme il fallait s'y attendre, ses parents avaient été moins que ravis d'apprendre qu'elle s'apprêtait à lancer sa propre marque de lingerie grande taille. Ils lui avaient fait la leçon sur la sécurité de l'emploi et les risques inhérents aux start-up. Sa mère ne s'était pas privée de lui rappeler qu'elle avait trente et un ans, comme si c'était une raison de renoncer à ses rêves.

Il lui suffisait de repenser à cette conversation pour avoir mal à la tête… Aria soupira et aperçut la robe de cocktail toujours suspendue dans le dressing. Elle l'avait achetée un an plus tôt mais n'avait jamais eu l'occasion de la porter. Création d'une jeune styliste très prometteuse, la minirobe d'un magnifique bleu nuit l'avait séduite d'emblée, à cause notamment des manches longues contrastant avec le décolleté plongeant. Bref, c'était la robe idéale pour un rendez-vous galant, pas pour aller dîner seule et regagner sa chambre pour se coucher de bonne heure… Mais bon, elle n'avait jamais été du genre à faire comme tout le monde, n'est-ce pas ?

Requinquée par cette pensée, Aria prit une douche et se fit un brushing, appliqua du rouge à lèvres cerise et de l'ombre à paupières gris fumée. Ensuite elle enfila sa parure de lingerie noir uni, des bas, contempla le résultat final dans le miroir et sourit. L'étoffe étincelait comme un ciel étoilé et moulait ses formes à la perfection.

Peut-être un peu excessif pour un dîner en solitaire mais si elle avait une qualité, c'était sa capacité de rebondir. Cette petite virée à Florence correspondait exactement à ce dont elle avait besoin pour se vider la tête avant son rendez-vous avec sa conseillère bancaire la semaine suivante pour discuter de son projet. Ses indemnités de chômage suffiraient pour démarrer mais, si sa petite entreprise décollait comme elle l'espérait, elle aurait besoin de fonds supplémentaires.

Une fois installée dans la somptueuse salle de restaurant de l'hôtel, Aria eut l'impression de flotter sur un petit nuage. Le serveur venait de lui apporter son apéritif et elle parcourait le menu quand elle sentit un petit picotement sur sa nuque.

Au même instant, elle leva les yeux et vit le maître d'hôtel s'arrêter devant elle, l'air confus.

— Quelque chose ne va pas ? demanda-t-elle en voyant la sueur perler au front de l'homme aux cheveux gris argenté.

— Excusez-moi, *signora* Dane. Je suis chargé de vous transmettre une invitation de la part de l'un de nos plus éminents clients. Il souhaiterait que... vous dîniez avec lui dans sa suite.

— Qui vous envoie ? répliqua Aria, persuadée qu'il s'était trompé de table et s'adressait à la mauvaise personne.

Mais, quand elle tourna la tête vers l'entrée, elle s'immobilisa et retint son souffle en apercevant Nysio sur le seuil de la salle, l'épaule nonchalamment appuyée contre l'une des deux colonnes qui soutenaient l'arche permettant d'accéder au restaurant.

Il était venu la rejoindre, comprit Aria, le cœur battant à tout rompre. Mais son invitation à dîner dans sa suite la fit réfléchir. Elle avait beau être venue à Florence en espérant le revoir, elle n'avait pas menti en disant qu'elle ne voulait pas entamer une liaison secrète avec lui. Elle s'était juré de ne plus jamais être la maîtresse cachée d'un homme fortuné. Même si Nysio lui avait donné plus de plaisir qu'elle n'en avait jamais connu de toute sa vie.

Le maître d'hôtel attendait sa réponse. Aria carra les épaules, déterminée à ne pas céder.

— Dites à M. Bachetti que je suis flattée par son invitation mais que je vais devoir la décliner. En revanche, il sera le bienvenu à ma table s'il le souhaite.

— *Il signor* Bacchetti ne dîne pas avec les autres clients, protesta le maître d'hôtel, l'air choqué.

— Eh bien, ce sera une nouveauté pour lui comme pour moi.

Sur ces paroles, elle porta son verre à ses lèvres et en but une gorgée en refoulant la sensation de nausée qui l'assaillait soudain.

Le maître d'hôtel inclina légèrement la tête et se dirigea vers l'entrée de la salle tandis qu'Aria s'efforçait de ne pas le suivre du regard. Au bout de deux minutes, elle renonça et fut parcourue par un violent frisson en voyant Nysio traverser le vaste espace d'un pas déterminé. Les serveurs inclinèrent la tête avec déférence sur son passage. Aria entendit des rumeurs, des chuchotements, comme s'il s'agissait d'une célébrité ou d'un prince...

Figée sur sa chaise et le cœur battant la chamade, elle le regarda s'avancer vers elle. Elle aurait sans doute dû se lever pour le saluer... Lorsque Nysio s'arrêta devant sa table, tous les regards étaient rivés sur eux.

— Bonsoir, Aria, dit-il avec un petit sourire en coin.

— Je croyais que tu ne dînais pas avec les autres clients, dit-elle dans un souffle quand il se pencha pour l'embrasser sur les deux joues.

Le souffle chaud lui caressa l'oreille, la faisant frissonner tout entière.

— Je préfère dîner loin des regards curieux, en effet. Mais, comme je suis en bonne compagnie, je devrais pouvoir les supporter.

La voix grave avait passé sur elle comme une caresse qui la fit frissonner de nouveau.

— Tu ne trouves pas grossier de refuser une invitation à dîner venant du propriétaire de l'établissement où tu es descendue ? poursuivit-il de cette même voix caressante en l'aidant à se rasseoir avant de s'installer en face d'elle.

— Tu... es le propriétaire de l'hôtel ?

Elle regarda autour d'elle et ajouta en riant :

— Je comptais t'inviter à dîner pour te remercier d'être venu à mon secours à Manhattan mais, réflexion faite, je me dis que nous pourrions peut-être partager l'addition !

— Tu es mon invitée, déclara-t-il, péremptoire. Si j'avais su que tu envisageais d'accepter ma proposition, j'aurais veillé à ce que tu ne dépenses pas un centime. À partir de cet instant, tu es...

— Hé, une minute.

Aria se redressa sur sa chaise, agacée par l'attitude quasi paternaliste de Nysio.

— Tu es riche, j'ai compris. Mais je ne suis pas venue ici pour me faire entretenir par un somptueux milliardaire.

— Pourquoi es-tu venue, alors ?

— Pour visiter Florence. Et je peux très bien payer ma chambre, Nysio.

— Bien sûr. Mais j'aimerais te montrer *ma* Florence, si tu me le permets.

Sur ces entrefaites, le chef vint s'entretenir personnellement avec lui. Nysio traduisit à Aria ce qu'il disait et lui demanda si elle avait des préférences. Quand elle précisa qu'elle ne mangeait pas beaucoup de viande, il fit en sorte que le chef en tienne compte et, en effet, on leur servit bientôt un assortiment de plats goûteux et présentés avec art, sans viande mais plus délicieux les uns que les autres.

De temps à autre, lorsque des regards insistants restaient tournés vers leur table ou que des chuchotements leur parvenaient, Nysio paraissait mal à l'aise. Mais le repas fut des plus agréables. Lorsque Aria lui parla de son échec professionnel, il la regarda en fronçant les sourcils.

— Je suis sincèrement désolé.

— Merci. Mais ça va. J'ai suivi ton conseil, en fait.

— Mon conseil ?

— Ton exemple, plutôt. J'ai toujours rêvé de créer une marque de lingerie, mais j'aimais mon travail – et c'est sécurisant d'être salariée –, et puis, je me disais que je n'y arriverais jamais. Mais lorsque tu m'as raconté comment tu avais réussi à t'investir dans l'entreprise de ta famille et à en reprendre la direction, eh bien… j'ai trouvé cela très inspirant.

Nysio garda le silence. Ils venaient de terminer les desserts et, soudain, une tension palpable imprégna l'atmosphère, comme si elle vibrait de tous les mots qu'ils ne se décidaient à prononcer ni l'un ni l'autre. Au bout de quelques instants, il se leva et vint lui tendre la main pour l'aider à se lever, puis il lui prit le bras et l'entraîna vers la sortie du restaurant qui donnait sur une cour privée. Le ciel s'assombrissait rapidement, et la lumière dorée provenant de petites lampes invisibles mettait en valeur la fontaine qui se trouvait au centre.

— Je crois qu'après Florence toutes les villes me paraîtront fades, soupira Aria en contemplant la haute bâtisse luisant de reflets ambrés.

— On a parfois ce genre d'impression, murmura Nysio en s'avançant vers une statue qui se dressait à proximité.

Il se tourna vers Aria.

— Le pendentif te va bien.

Sans réfléchir, elle referma les doigts sur le bijou reposant sur sa gorge.

— Merci. J'ai été très touchée par ton geste.

— Ce n'était que justice, vu que tu as perdu l'original par ma faute.

Mon Dieu, cette lueur brûlante couvant dans ses yeux bleus… Lui aussi se rappelait ce qu'ils avaient partagé cette nuit-là.

— Je n'ai eu connaissance de ton mot qu'en fin d'après-midi, poursuivit Nysio. Tu n'avais pas accusé réception de mon envoi, tu m'avais dit de te laisser tranquille. De mon côté, je t'avais promis de ne pas insister et je suis un homme de parole. Mais si j'avais su que tu étais à Florence…

— Tu te serais précipité ici, c'est ça ? enchaîna-t-elle en riant.

Mais, visiblement, il était sérieux…

— Dans la seconde. J'avais déjà perdu assez de temps, ajouta-t-il dans un souffle.

Lentement, il tendit la main vers elle et lui effleura le coude.

— Aria, je vais te poser une question, une seule, avant de faire ce que je brûle de faire depuis l'instant où je t'ai aperçue tout à l'heure.

Sa poitrine se serra, un courant délicieux courut sur sa peau.

— Quelle question ?

— Es-tu vraiment venue ici pour visiter Florence… commença-t-il en se rapprochant d'elle. Ou pour me voir ?

Aria s'efforça de contrôler la réaction viscérale que la proximité de cet homme provoquait toujours en elle. Nysio dégageait un magnétisme puissant capable de la déstabiliser en un clin d'œil.

— Parce que si tu es venue pour moi… J'ai déjà été privé des quarante-huit heures durant lesquelles tu t'es promenée seule dans la ville alors que tu aurais pu les passer dans mon lit.

— Je me suis rendu compte une fois arrivée ici que j'étais venue aussi pour toi, dit-elle avec un sourire malicieux. J'avais prévu de repartir demain mais je pourrais peut-être me laisser persuader de prolonger mon séjour d'un jour ou deux...

— Et que faudrait-il faire pour te persuader ? lui chuchota-t-il à l'oreille en refermant ses mains autour de sa taille.

La merveilleuse chaleur se propagea en elle à travers l'étoffe. Aria déglutit, se préparant à répondre quelque chose d'intelligent et de sexy, mais au même instant des lèvres douces et fermes se posèrent sur son cou, chassant instantanément toute pensée cohérente de son esprit.

— Veux-tu que je sois ton guide privé ? murmura-t-il contre sa peau. Je te montrerai tout ce qu'il y a à voir, les endroits les plus secrets... Veux-tu que je t'invite dans les meilleurs restaurants de la ville, que je te comble de présents venant des boutiques les plus raffinées ? Tu n'as qu'un mot à dire, et tous tes désirs seront exaucés.

Elle recula légèrement la tête et le regarda dans les yeux.

— Nysio... je te l'ai déjà dit, je ne veux pas que tu m'achètes quoi que ce soit. C'est toi seul que je veux, toi seul dont j'ai besoin.

Les yeux bleus prirent une nuance cobalt, puis il l'embrassa avec passion, presque brutalement. Lui lâchant la taille, il glissa les doigts dans ses cheveux tandis que leurs langues s'enlaçaient fiévreusement, comme impatientes de se retrouver. Aria avait cru que les baisers échangés à bord du jet étaient décadents et brûlants, mais elle s'était trompée. Celui-ci était d'un érotisme encore plus torride.

6

Il avait pensé que l'éloignement et le temps avaient amplifié le souvenir des sensations éprouvées avec Aria, mais c'était le contraire.

De son côté, elle ne semblait pas avoir compris qu'un lien existait entre lui et le mari de son amie, Eros Theodorou, et l'espace de quelques instants, Nysio le regretta presque. Parce que, si elle avait été au courant de son secret, il aurait été obligé de la garder avec lui pour s'assurer qu'il n'y ait pas de fuites. En outre, cela aurait peut-être pu expliquer pourquoi il se sentait aussi possessif envers elle.

Elle gémissait contre sa bouche, ses seins généreux étaient écrasés contre sa poitrine. S'il ne l'emmenait pas rapidement dans un endroit plus privé, il allait devoir la prendre sur la première surface plane venue, songea Nysio. Avant de se ressaisir aussitôt. Pas question de se contenter d'une étreinte à la sauvette. Il était en manque de ce corps délectable depuis trop longtemps.

La prenant par la main, il l'entraîna dans les couloirs en direction de l'ascenseur privé permettant d'accéder directement au dernier étage, et à la suite la plus prestigieuse de l'établissement qui disposait d'une magnifique terrasse.

Une fois dans la cabine qui s'élevait sans bruit, Nysio en

profita pour dénuder un sein épanoui et le lécher goulûment avant de le remettre à l'abri de tout regard indiscret.

Était-elle consciente du pouvoir qu'elle détenait sur lui ? Il aurait dû se maîtriser et lui expliquer les règles du jeu. Cependant il les avait quasiment toutes transgressées dès l'instant où il avait posé les yeux sur Aria Dane. Il l'avait abordée sans même savoir à qui il avait affaire, il avait changé ses plans pour elle, délaissé son travail. Mais, au lieu d'en éprouver des remords, il ne pouvait que sourire.

Aria pétillait comme une étincelle dans l'obscurité. Il ne pouvait détourner les yeux de cette femme. Elle le fascinait. Au même instant, elle lui sourit à son tour et le serra contre elle comme si elle craignait de le voir disparaître.

Lorsqu'ils furent dans la chambre de la Suite royale Bacchetti, il la poussa doucement à reculons vers l'immense lit à baldaquin, le corps toujours étroitement enlacé au sien. Il ferait à coup sûr la une de la presse à scandale. Il n'avait pas dîné publiquement avec une femme depuis l'époque où il faisait la noce tous les soirs. À ce moment-là, il avait besoin de quelques verres pour pouvoir se lâcher complètement sans se soucier des regards braqués sur lui. Désormais, Nysio faisait très attention quand il buvait. Il avait toujours eu du mal à se modérer quand il s'agissait de soulager son anxiété, de se délester du poids inhérent à son statut.

Joie, franchise, naturel et spontanéité, ces valeurs étaient rares dans son univers, et pourtant il lui suffisait de regarder le visage d'Aria pour les voir réunies. Durant le dîner, elle avait bavardé librement, ouvertement, et il avait adoré la regarder et l'écouter parler. Il aurait pu étudier ce beau visage pendant des heures, de la même façon qu'il étudiait autrefois les œuvres de ses poètes ou de ses peintres préférés. Il avait toujours été amoureux des arts, et Aria était comme une fresque récemment découverte, précieuse et contenant des signes cachés et mystérieux.

Quand elle remua soudain contre lui, il ne dissimula pas son plaisir, tout comme elle ne tenta pas de dissimuler le sien. Il adorait sa franchise, son naturel. Elle se lécha la lèvre et le regarda les yeux mi-clos, les joues roses, tandis qu'elle soulevait les hanches pour mieux sentir son érection. Elle rouvrit grand les yeux, puis sourit et pressa son ventre contre son membre excité. Nysio rugit intérieurement. Il eut envie de déchirer l'étoffe bleu nuit et d'exposer le corps superbe, telle une offrande sacrificielle sur l'autel de son plaisir.

Mais le temps de tels sacrifices était heureusement révolu, se rappela-t-il, choqué par la soif de possession qui semblait décidément l'emporter sur sa raison. Aria était une personne, pas un objet offert à son bon plaisir.

Soudain, il eut l'impression qu'avec elle il entrait dans un autre univers, un autre champ de possibles. Brusquement, les choses qu'il avait toujours considérées comme essentielles ne lui paraissaient plus si importantes. Surtout lorsqu'elle le regardait de cette façon.

Lorsqu'il la déshabilla et s'enfonça enfin dans sa divine chaleur, Nysio se demanda s'il s'en lasserait jamais.

Aria prit une longue douche en songeant avec délice à cette deuxième nuit passée dans les bras de Nysio. Ils avaient à peine quitté le lit et s'étaient réveillés en début d'après-midi après s'être endormis au petit matin, épuisés et repus. Ensuite, Nysio s'était levé pour passer quelques coups de fil urgents puis l'avait quittée pour aller travailler, après lui avoir dit qu'il reviendrait la chercher en début de soirée.

Un seul détail assombrissait l'humeur d'Aria – les brusques

accès de nausée qui continuaient de l'assaillir et qui persistèrent tout l'après-midi sans qu'elle parvienne à en identifier la cause.

Une femme de chambre lui avait apporté une flûte de champagne accompagnée d'une coupe de fraises. Un magnifique bouquet de roses d'un beau rose tendre trônait sur la coiffeuse. Après s'être appliqué une touche de blush pour se donner bonne mine – elle avait le teint encore plus clair que d'habitude –, Aria sortit sur la terrasse pour aspirer de grandes goulées d'air dans l'espoir de chasser un nouvel accès de nausée.

Lorsque Nysio vint la retrouver, il la dévisagea en plissant le front et lui demanda si elle se sentait bien.

— Merci, tu as l'air très en forme aussi, répliqua-t-elle avec humour.

— Tu es blême.

— J'ai des crampes d'estomac, c'est tout.

— Tu as besoin de quelque chose ? insista-t-il, l'air franchement inquiet. Tu veux de l'aspirine ?

Elle se serait giflée. Nysio était beau comme un dieu dans son smoking de créateur, et elle lui parlait de crampes d'estomac...

Doucement, il lui caressa le dos de la main.

— Tu es superbe, au fait. J'aurais sans doute dû commencer par cela.

— Merci.

Il se pencha pour déposer sur sa joue un petit baiser qui la fit frissonner de la tête aux pieds.

— Viens, dit-il en lui prenant la main.

Docile, Aria se laissa entraîner en priant pour que ces maudites nausées lui fichent enfin la paix. Son billet avait été modifié, et elle devait prendre l'avion le lendemain matin ; sa valise était prête. Tout se passait comme elle le souhaitait – pourquoi ne pouvait-elle s'empêcher d'en vouloir à Nysio alors qu'il se mettait visiblement en quatre pour lui faire plaisir ?

Ils vivaient dans des univers diamétralement opposés, aussi aurait-elle été stupide de s'attacher à lui. Par conséquent, mieux valait voir cette soirée comme une façon agréable de se préparer à se séparer et à partir chacun de son côté, conclut Aria en essuyant furtivement une larme qui menaçait de couler.

Une voiture de sport gris métallisé les attendait devant l'hôtel. Nysio lui ouvrit sa portière, l'aida à se glisser sur le siège bas, puis contourna le véhicule par l'avant et s'installa au volant. Durant le court trajet, ils n'échangèrent pas une seule parole, ce qui arrangea Aria.

Au cours du repas, les plats furent servis par une cheffe de renommée internationale dans un somptueux salon de la résidence florentine de Nysio. Aria eut du mal à dominer l'inconfort digestif qu'elle avait fini par attribuer à sa nervosité. Pourquoi ses nerfs lui jouaient-ils des tours maintenant, alors qu'elle n'avait rien éprouvé de semblable ni la première nuit ni la deuxième ? Elle se sentait tellement mal en point qu'elle réussit à grand-peine à avaler une goutte de vin, et la vue de la chair rosée du plat principal, une gigue de chevreuil rôtie, lui souleva l'estomac.

— Tout va bien ? demanda Nysio en fronçant les sourcils quand elle se leva brusquement de table.

Aria se dirigea droit vers la porte-fenêtre grande ouverte. Elle avait vraiment besoin d'air frais.

— Oui oui, tout va bien, dit-elle sans se retourner. J'ai un peu chaud.

Elle ne mentait pas. Elle avait chaud en permanence depuis une semaine. Mais, au moment où elle se disait qu'elle ferait mieux de demander à Nysio s'il voulait bien la ramener à l'hôtel, le majordome apparut sur le seuil du salon et annonça que la surprise était arrivée.

Et quelle surprise ! Nysio avait fait venir une cantatrice célèbre et son accompagnateur, pianiste tout aussi célèbre qu'elle et par ailleurs son époux. La riche demeure de Nysio comprenait bien sûr une salle de réception avec piano à queue dans laquelle ils allèrent tous s'installer.

Les lampes s'éteignirent, l'immense pièce était maintenant éclairée par des bougies fichées dans des chandeliers en bronze. Les premières notes de piano résonnèrent, et la cantatrice se mit à chanter.

Le concert ne fut pas long mais d'une beauté à couper le souffle, et Aria apprit que le duo s'était produit dans le monde entier, devant des familles royales et autres célébrités. En vérité, elle se sentait un peu déplacée parmi ces gens très cultivés dont Nysio faisait partie.

Quand il raccompagna le couple jusqu'à leur voiture, Aria éprouva le besoin de s'asseoir et, le tabouret déserté par le pianiste se trouvant à proximité, elle s'installa devant le superbe Steinway laqué noir et passa machinalement les doigts sur les touches.

Cela faisait des années qu'elle n'avait pas joué cette chanson apprise par cœur enfant, mais ses doigts ne l'avaient manifestement pas oubliée. Elle joua le morceau jusqu'au bout et sourit en plaquant le dernier accord... et entendit quelqu'un applaudir lentement derrière elle.

— Quand as-tu appris à jouer ? demanda Nysio en s'avançant vers elle.

— Mon père refusait de me payer des leçons parce qu'il disait que j'abandonnerais vite et que ce serait du gaspillage, alors je me suis acheté un clavier et j'ai appris toute seule à jouer quelques morceaux quand j'étais adolescente, juste pour l'embêter. Je n'avais pas joué depuis des années. Je ne sais pas déchiffrer une partition, je n'ai jamais pris de cours.

— Décidément, tu ne cesses de me surprendre.

— J'en suis ravie, dit-elle en se levant.

Elle vacilla légèrement mais se redressa aussitôt, remarqua Nysio. Et elle était toujours aussi blême. La prenant par le coude, il l'entraîna vers la terrasse. Durant le dîner, elle avait à peine touché aux plats...

S'appuyant à la balustrade de pierre, elle contempla la cathédrale de Florence qui, superbement mise en valeur par un savant éclairage, trônait au milieu du paysage nocturne. Il se demanda si Aria appréciait la vue, si elle passait une bonne soirée.

— Que c'est beau..., murmura-t-elle en tournant les yeux vers lui.

— Oui, acquiesça-t-il simplement.

— Comment en es-tu venu à habiter ici ?

— Je n'y habite plus. Cette maison est un vestige de mon ancienne vie ; je n'en ai plus besoin depuis que je me suis installé au *palazzo*. Je n'y viens quasiment plus jamais depuis...

— Depuis ?

— Mon père est tombé subitement malade peu après ma sortie de l'université, et ma mère a dû se battre pour s'occuper de lui et le protéger des médias. Il souffre de la maladie de Parkinson et ce n'est pas facile à vivre. C'est un homme fier, de la vieille école, et il ne voulait pas que l'on sache qu'il était malade. Alors j'ai décidé de prendre sa place à la tête de la famille. Et je n'ai plus eu besoin d'un endroit où faire la fête.

— Tu as tort. Cette maison est l'endroit idéal pour organiser des soirées. On a toujours besoin de danser, de s'amuser avec ses amis.

— Je n'ai plus le temps de m'offrir ce genre de plaisirs. Lorsque j'ai pris la place de mon père, j'ai vite découvert des problèmes, notamment financiers, et j'ai entrepris de les résoudre.

— Tu es devenu allergique au plaisir de faire la fête du jour au lendemain ?

— J'ai soudain réalisé combien cette partie de ma vie était creuse et j'ai décidé de me concentrer sur de meilleurs objectifs.

— Par exemple suivre l'évolution des marchés boursiers et accroître tes bénéfices ?

Nysio sourit malgré lui.

— Tu n'as vraiment aucune idée de ce que je fais, n'est-ce pas ?

— Comment pourrais-je en avoir ? Tu es un véritable mystère pour moi. Je ne sais rien de toi sinon que tu es très riche, que tu es le descendant d'une très ancienne dynastie italienne...

À ces mots, il se raidit mais réussit à garder le sourire.

— Difficile de cacher ce détail vu que je vis dans un palais.

— Alors... raconte-moi quelque chose de nouveau sur toi. Confie-moi un secret.

Cette fois, il sentit quelque chose frémir dans sa poitrine. Aria lui avait demandé cela si gentiment, si innocemment, qu'il fut tenté de partager son noir secret. De ne plus être seul à porter ce lourd fardeau.

— J'ai dit un truc qu'il ne fallait pas ?

La voyant froncer les sourcils, Nysio réalisa qu'il était resté silencieux pendant plusieurs minutes.

— J'aime la poésie, dit-il tout à trac.

Elle battit des cils, sa bouche forma un adorable petit *o*...

— Tu veux dire, les limericks et les haïkus ?

— Non, répondit-il, fasciné par le sourire qui illuminait

le visage d'Aria. J'ai suivi des cours à l'université pendant quelque temps. Je lisais tous les poèmes qui me tombaient sous la main. Cela a duré un semestre ou deux.

— Tu en écrivais toi-même ? demanda-t-elle, les yeux écarquillés. Oh ! oui, tu écrivais des poèmes, j'en suis sûre ! Tu veux bien m'en dire un ?

— J'ai écrit des sonnets horribles et affreusement mélancoliques, oui. Et je ne les montrerai jamais à personne, parce que ce serait une offense à l'art.

— S'il te plaît...

Nysio éclata de rire au souvenir de l'époque où il rêvait de voir son nom rejoindre celui des écrivains et poètes qu'il admirait. Sans réfléchir, il commença à réciter le premier quatrain du seul poème dont il se souvenait encore. En apparence, il s'agissait d'un simple ensemble de mots parlant d'un homme ivre qui se querellait avec le ciel nocturne mais, pour Nysio, ces vers vibraient de frustration et d'un farouche désir de changement.

Quand il eut terminé le quatrain, il se pencha pour poser son verre sur la table de la terrasse.

— Mes talents littéraires t'auraient-ils laissée sans voix ? s'enquit-il sans regarder Aria, craignant sa réaction.

— C'était... beau et poignant.

— Mes professeurs le pensaient aussi et ils m'ont encouragé à continuer, avant que mon père me demande de changer de matière principale et m'oblige à renoncer aux lettres pour passer en économie.

Nysio se rappelait encore l'embarras de son père en découvrant sa nouvelle passion. Lorsque Arturo lui avait rappelé ses responsabilités, il s'était senti ridicule de s'être laissé aller à imaginer qu'il pourrait choisir sa propre voie alors qu'il avait été élevé pour remplir un devoir.

Être un Bacchetti représentait un privilège, on le lui avait appris dès l'instant où il avait su parler. À présent, Nysio aimait son travail et il était assez doué, alors il se disait qu'au fond il avait de la chance. Enfin, il se l'était dit et répété.

Il regarda la femme qui se tenait devant lui, accoudée à la balustrade, et se souvint de ce qu'il avait prévu de lui dire initialement. Qu'il n'était pas encore prêt à se séparer d'elle.

Aria le dévisageait tranquillement, avec une telle simplicité, une telle confiance, qu'il se demanda à nouveau comment, par son seul regard, elle pouvait faire naître en lui une passion qu'il n'avait encore jamais éprouvée.

Un homme riche et égoïste l'avait blessée autrefois, elle le lui avait dit. Et cela l'avait amenée à se cacher, de la même façon que Nysio s'était caché au *palazzo*. Peut-être était-ce à cause de cette similitude qu'ils s'attiraient mutuellement.

Il n'avait que du plaisir à lui offrir. Il ne se marierait jamais, n'aurait jamais d'enfants, ça, il en était certain. Mais pourquoi mettre une étiquette sur leur relation ? Aria avait dit qu'elle croyait à la spontanéité, alors le moment était peut-être venu pour eux de se lâcher un peu.

Nysio était vraiment un être délicieux. Il l'enchantait autant que sa chère ville de Florence.

— Tu vis dans un palais, tu écris des poèmes dans tes moments de loisir… Dis-moi, il y a quelque chose que tu ne sais pas faire ?

— Je ne suis qu'un homme.

— Un homme peu ordinaire qui se cache dans une forteresse. Qui cache ses talents au monde entier et les garde pour lui tout seul. Pourquoi ce retrait ?

— Peut-être parce que je n'aime pas les gens, tout simplement, répondit-il avec un haussement d'épaules.

— Non, c'est plus compliqué que cela.

Elle s'avança d'un pas vers lui.

— Il y a un truc que tu ne me dis pas – je me trompe ?

— Peut-être.

— Si tu n'as pas envie de m'en parler, je n'insisterai pas. Ce n'est pas mon genre.

Les yeux brillants, il se rapprocha d'elle et lui prit les mains.

— Aria... Je sais que c'est ta dernière nuit à Florence. Mais je t'ai amenée ici, dans cette maison, pour te montrer ce que nous pourrions vivre si tu voulais bien reconsidérer la proposition que je t'ai faite à Londres.

— Ce n'est pas ce que nous vivons ? Là ? Maintenant ?

— Si, mais je pensais à un arrangement plus... régulier.

Aria sentit son cœur sombrer dans sa poitrine.

— Ne me dis pas que tu me proposes de devenir ta maîtresse ? Tu me vois en femme entretenue ?

— C'est un peu dépassé, comme expression. Je pensais à une relation entre deux adultes consentants qui vivent chacun leur vie mais se retrouvent régulièrement pour profiter l'un de l'autre.

— Tu veux... sortir avec moi ?

— Je ne « sors » pas avec les femmes, déclara-t-il avec force. J'aimerais apprendre à te connaître mais je ne voudrais pas que tu te fasses des idées.

— Oh ! il n'y a pas de danger ! s'exclama-t-elle en riant et en s'écartant de lui.

Il la retint par le poignet.

— Je pense que notre histoire n'est pas encore terminée. Et toi ?

Sur le moment, Aria pensa qu'elle avait mal compris. Qu'elle se raccrochait à l'espoir stupide que Nysio puisse la désirer. Désirer qu'elle fasse partie de sa vie. Mais il avait dit que leur histoire n'était « pas encore » terminée. Par conséquent, il estimait qu'elle finirait par s'achever.

— Tu trouves que nous en avons terminé l'un avec l'autre ? insista-t-il d'une voix terriblement sensuelle.

Ses lèvres fermes et chaudes lui effleurèrent le cou, la faisant trembler. Impossible de lui dire la vraie raison pour laquelle elle devait refuser et partir, que si elle acceptait elle mettrait en danger non seulement sa fierté, mais son équilibre.

Quand elle tourna la tête, il la regarda en haussant les sourcils. Il attendait une réponse. Aria aimait sa franchise. Elle aimait être dans cette maison avec lui, parler avec lui…

Si elle cédait à sa proposition, il lui offrirait de la passion, du sexe… Mais rien de plus. Or elle savait que, de son côté, elle désirait davantage, un lien plus profond. Avec lui, le sexe était fabuleux, certes, mais l'être humain qu'elle en était venue à découvrir durant ces dernières quarante-huit heures était encore plus séduisant que l'amant passionné. Plus attachant. Et totalement inaccessible.

Était-elle prête à renoncer à lui ? À ne plus jamais le revoir ? Ces instants merveilleux étaient-ils voués à devenir un souvenir auquel elle repenserait plus tard en regrettant de ne pas avoir agi différemment ?

Aria s'était promis de ne plus jamais s'exposer au risque d'être abandonnée par un homme. En prolongeant cette liaison, elle ne ferait que retarder le moment inéluctable où Nysio lui briserait le cœur, car elle ne pouvait plus se cacher qu'elle était tombée amoureuse de lui. Plus elle resterait avec lui, plus elle souffrirait quand il la quitterait.

Comme si ces pensées produisaient un effet néfaste sur son corps, Aria fut submergée par un nouvel accès de nausée.

Déterminée à ne pas montrer à Nysio à quel point sa proposition la chamboulait, elle se détourna et s'appuya à la balustrade pour tenter de se ressaisir.

Un vertige la gagna. Tout se mit à tourner autour d'elle.

— Excuse-moi… Je… Il faut que j'aille à la salle de bains…

7

Aria se réveilla dans une pièce plongée dans la semi-obscurité et, s'habituant petit à petit à la pénombre, elle aperçut Nysio, installé dans un grand fauteuil à oreilles. Il dormait paisiblement, un bras remonté au-dessus de la tête, le peignoir entrouvert laissant voir son torse nu.

Elle-même était allongée sur un lit des plus confortables mais, quand elle voulut se lever, elle sentit aussitôt la tête lui tourner. Elle attendit quelques instants, puis se redressa précautionneusement et fit une nouvelle pause avant de poser les pieds sur le tapis moelleux. Après avoir attendu de nouveau quelques instants, elle se leva et s'avança lentement vers la porte de la salle de bains. L'éclairage s'alluma automatiquement quand elle franchit le seuil, l'éblouissant et l'obligeant à s'arrêter un instant. Mais elle réussit à atteindre le lavabo sans éprouver de nouveau vertige.

En vérité, elle se sentait plutôt bien et éprouvait même une sensation de faim. Pourtant le seul fait de s'imaginer en train de manger quelque chose lui donnait envie de vomir.

Aria s'adossa au mur et plissa le front. Un peu plus de quatre semaines s'étaient écoulées depuis la nuit passée avec Nysio à bord du jet. La pose de l'implant contraceptif avait perturbé ses cycles et, ses règles arrivant un peu n'importe quand, elle ne s'était pas inquiétée de ne pas les avoir eues depuis un certain temps. Refoulant la pensée qui s'insinuait dans son esprit, elle se revit en train de vomir tandis que Nysio, sans qui elle n'aurait jamais réussi à atteindre la salle de bains, lui tenait les cheveux en arrière. Pas vraiment romantique, pour leur dernière soirée ensemble...

Et, maintenant, elle perdait son temps à s'inquiéter alors qu'elle avait un avion à prendre. Aria se regarda dans l'immense miroir au cadre de bronze qui surplombait le lavabo. Elle était toujours plus pâle que d'habitude alors qu'elle avait déjà le teint très clair en temps normal. Ses yeux étaient vitreux... Quant à ses cheveux...

Trouvant une brosse à dents neuve et du dentifrice dans un meuble, elle se brossa rapidement les dents et s'aspergea le visage d'eau froide avant d'essayer de se coiffer avec ses doigts.

Quand elle rouvrit la porte de la salle de bains, elle se retrouva nez à nez avec Nysio et se sentit aussitôt enveloppée dans sa senteur musquée et sa chaleur virile. Mais, après ce qui s'était passé la veille au soir, elle s'interdit de se jeter dans ses bras et recula d'un pas.

Il avait pitié d'elle, comprit Aria en voyant son expression.

— Tu n'as toujours pas l'air en forme, dit-il lentement.

— Merci pour le compliment, murmura-t-elle en se forçant à soutenir le regard perçant.

Après l'avoir dévisagée un moment en silence, il s'écarta pour la laisser passer. Aria s'avança en remarquant le bel imprimé du peignoir en soie et la fine toison brune recouvrant la poitrine hâlée. Il portait un pantalon assorti... En d'autres circonstances, elle lui aurait lancé une boutade – il avait l'air si chic dans cet ensemble raffiné...

Au même instant, il la rejoignit et resserra les pans du peignoir comme s'il avait lu dans ses pensées. À moins qu'il n'ait cru qu'elle le reluquait en douce – ce qui n'était pas du tout le cas. Enfin, c'était difficile de ne pas regarder un corps aussi somptueux, d'autant plus qu'elle l'avait embrassé, caressé...

Se rendant compte qu'elle rougissait, Aria croisa les bras et ignora la sensation de douleur provoquée par ce geste.

— Je suis désolée pour hier soir. Et je te remercie de t'être occupé de moi.

— C'était indispensable, dit-il en tendant la main pour lui effleurer la joue.

Il scrutait son visage, comme elle l'avait vu scruter l'écran de son ordinateur quand il avait dû travailler à plusieurs reprises. Comme si elle était un problème qu'il avait décidé de résoudre par la seule force de sa volonté.

— Eh bien, merci encore. Je me sens bien maintenant.

— Tu es sûre ? insista-t-il en plissant les yeux, l'air pas du tout convaincu. Tu n'as pas de fièvre, au moins ?

Comme elle ne répondait pas, il se rapprocha et lui posa la main sur le front.

— Non, je ne pense pas. Mais la médecin nous en dira davantage, ajouta-t-il en se dirigeant à nouveau vers la salle de bains.

— Tu as appelé un médecin ? demanda Aria, suffoquée.

Tout d'un coup, elle se sentit affreusement petite et vulnérable. D'une oreille, elle écouta Nysio lui dire en se lavant les mains qu'elle n'avait pas à s'inquiéter, que *la* médecin était quelqu'un de très bien, qu'il la connaissait depuis longtemps... Puis il se retourna et s'immobilisa sur le seuil de la salle de bains pour la regarder en silence.

Épuisée, Aria alla s'asseoir sur le bord du lit et sentit une main fraîche lui prendre doucement le coude et la guider vers le fauteuil.

Un plateau apparut alors comme par enchantement. Elle

aperçut du paracétamol, une bouteille d'eau plate et un sachet d'électrolytes à diluer dans de l'eau.

Sans dire un mot, Nysio lui tendit deux comprimés avant de préparer la boisson énergisante. Ensuite, il s'assit sur le second fauteuil et, le front plissé, la regarda boire le breuvage du bout des lèvres.

— Je peux faire quelque chose ? finit-il par demander.

Aria entrouvrit les lèvres mais, aucun son n'en sortant, elle se contenta de secouer la tête. Elle ne voulait pas être un fardeau pour lui. Ni lui demander de l'aide, même s'il avait montré que cela ne l'ennuyait pas de s'occuper d'elle. Et qu'elle aimait qu'il le fasse.

Quand il la quitta pour aller s'habiller, elle profita de ces instants de répit pour tâcher de rassembler ses pensées et apaiser les émotions qui se bousculaient en elle. Contrôlant sa respiration, elle ferma les yeux. Pourvu que la médecin arrive bientôt et la rassure sur son état de santé… Ensuite, elle pourrait partir et retourner à sa vie normale.

— Est-il possible que vous soyez enceinte, mademoiselle Dane ?

Aria regarda avec stupeur la femme d'une quarante d'années assise sur le bord de la table basse du salon et battit des paupières. Sa question était absurde. Aria avait vaguement entendu Nysio laisser échapper un petit halètement mais n'avait eu le courage de tourner les yeux vers lui.

— Non. J'ai un implant contraceptif.

— La contraception n'est jamais sûre à cent pour cent et vous m'avez dit que vos dernières règles remontaient à plus de six semaines. Alors, je vous repose la question : est-il possible que vous soyez enceinte ?

Non, mais… Figée sur place, Aria repensa à la semaine

passée, à son sentiment de ne pas être comme d'habitude. L'aversion pour la nourriture, les accès de nausées qu'elle avait attribués à l'anxiété, les seins hyper sensibles, la sensation d'être anormalement fatiguée…

— Peut-être, répondit-elle, la voix à peine audible.

— Quoi ? s'exclama Nysio en se levant d'un mouvement brusque. Tu penses que… que tu pourrais être…

— Non, dit Aria à la hâte. Enfin… je ne devrais pas l'être.

— Mais tu pourrais l'être.

Il la regardait sans ciller, les traits indéchiffrables. Elle s'efforça de ne pas baisser les yeux, de redresser les épaules. De faire face à cette « possibilité ».

— Oui.

Après l'avoir interrogée sur ses symptômes, la médecin lui demanda gentiment si elle souhaitait faire un test tandis que Nysio les observait en silence.

L'attente parut interminable. Incapable de rester immobile, Aria se mit à se balancer d'un pied sur l'autre en évitant de croiser le regard de Nysio qui continuait de l'observer en silence.

— J'ai un implant contraceptif, insista-t-elle en se tournant vers la médecin.

— Comme je vous l'ai dit, aucun moyen de contraception n'est efficace à cent pour cent, répéta celle-ci avec calme. Sauf l'abstinence, naturellement.

Cette remarque était destinée à détendre l'atmosphère mais Aria ne parvint même pas à sourire. Horrifiée, elle vit la médecin pencher la tête pour regarder le petit rectangle de plastique qu'elle tenait dans sa main.

— Eh bien, ce n'est plus une possibilité mais une certitude.

Elle posa le test sur la table basse.

— Vous êtes bel et bien enceinte, mademoiselle Dane.

Dès que la médecin fut partie, après avoir dit qu'elle devrait revenir pour retirer l'implant et pour discuter de la « suite », Aria alla s'enfermer dans la salle de bains.

Nysio souleva le test de grossesse et pâlit en voyant les deux lignes roses visibles dans le petit écran.

Le cœur battant à toute allure, il reposa le test sur la table basse comme s'il s'agissait d'une bombe risquant d'exploser à tout instant. Dans un sens, *c'était* une bombe.

Il retourna dans la chambre et frappa à la porte de la salle de bains mais seul le silence lui répondit.

— Dis-moi quelque chose, s'il te plaît. N'importe quoi, juste pour que je sache que tu ne t'es pas évanouie.

Entendant un son qui ressemblait fort à un sanglot étouffé, il sentit sa poitrine se serrer.

— J'ai… j'ai besoin d'un moment, dit-elle distinctement.

Même dans ces circonstances, elle faisait bonne figure. Nysio eut envie de forcer la porte pour s'assurer qu'elle allait bien mais, d'un autre côté, il avait tout autant envie de fuir le plus loin possible de cette maison, de ce nouveau bouleversement qui allait infléchir le cours de son existence.

En proie à un mélange épouvantable d'émotions contradictoires, il retourna s'asseoir dans le salon jouxtant la chambre. Avant de découvrir la vérité sur sa naissance, il pensait que, une fois qu'il aurait fini de redresser la situation financière de la famille et rétabli l'équilibre menacé par la gestion pas toujours avisée d'Arturo, il s'installerait et songerait à fonder sa propre famille afin de perpétuer la lignée comme l'avaient fait ses ancêtres avant lui. Quoi qu'il lui en coûte.

Et, maintenant, voilà que le hasard en avait décidé pour lui. À supposer, bien sûr, que cette grossesse soit le fruit de la nuit passée avec Aria à bord du jet. Ce n'était pas forcément le cas. Nysio tressaillit violemment. Elle pouvait très bien porter l'enfant d'un autre.

Le silence fut soudain rompu par le bruit de la porte de la salle de bains qui s'ouvrait et se refermait. Aria apparut bientôt, le visage livide et les épaules basses. Il se leva, traversa le salon et lui prit doucement le bras avant de l'entraîner vers un fauteuil équipé d'un repose-pied. Une fois qu'elle fut bien installée, il alla lui chercher un verre d'eau et le posa à sa portée.

À son grand soulagement, elle ne protesta pas et murmura un « merci » d'une voix si faible qu'il faillit rappeler la médecin.

Il baissa les yeux sur le test resté sur la table basse. Ils devaient parler, prendre des décisions. Aria le regarda elle aussi avant de tourner aussitôt la tête. Elle avait l'air si vulnérable, si bouleversée, qu'il en eut le cœur serré.

Quand elle finit par le regarder, Nysio dit avec calme :

— Alors, tu es enceinte.

— Oui, acquiesça-t-elle brièvement avant de soulever le verre d'eau.

— As-tu une idée du moment où c'est arrivé ?

Elle ferma un instant les yeux.

— Il y a un peu plus de quatre semaines.

Les battements de son cœur s'accélérèrent. C'était arrivé cette nuit-là, à bord du jet.

Une seule nuit pouvait-elle changer le cours d'une vie aussi bien planifiée ? Après avoir découvert que toute son existence reposait sur un mensonge, Nysio avait pris la décision de rester célibataire. Il ne pouvait envisager d'infliger le même sort à ses enfants.

— Cette nuit-là, à bord du jet, tu as dit que tu n'avais pas fait l'amour depuis longtemps...

— Oui, l'interrompit-elle en soutenant son regard. Il n'y a eu personne avant toi depuis plusieurs années.

Ces paroles atteignirent Nysio en pleine poitrine. Il hocha la tête. Il s'en doutait, mais il avait voulu lui laisser la possibilité de le confirmer, de reconnaître qu'ils étaient concernés tous les deux.

Aria reposa brutalement son verre sur la table d'appoint et se prit le visage entre les mains.

— Nous ne l'avions prévu ni l'un ni l'autre, je sais, dit-elle d'une voix étouffée. Je sais aussi que je ne suis pas forcée de le garder. Mais ma première pensée a été que j'espérais que tout aille bien. Je veux que tout aille bien. C'est sans doute fou, mais...

— Non, ce n'est pas fou, Aria. Moi aussi je désire que tout aille bien, répliqua-t-il avec la plus grande sincérité.

— Comment une chose aussi minuscule peut-elle tout changer en un instant ?

Elle laissa retomber ses mains et baissa les yeux sur son ventre tandis que Nysio suivait son regard. Ils restèrent silencieux tous les deux durant quelques instants, puis Aria posa la main sur son ventre, et Nysio fut alors traversé par une émotion brute et primaire.

Cette femme courageuse allait porter son enfant. Elle portait son enfant. Ils allaient devenir parents. Il se targuait d'être progressiste, mais il brûlait de la prendre dans ses bras et de l'obliger à rester dans son lit durant les mois à venir pour être sûr qu'elle soit en sécurité. Il repensa à leur discussion de la veille au soir. Aria était alors résolue à partir ce matin ; elle avait refusé sa proposition.

— Tu ne vas pas exiger que nous nous mariions, j'espère ? demanda-t-elle soudain en plissant le front.

Nysio réfléchit un instant avant de lui répondre et se pencha pour lui caresser le dos de la main.

— Est-ce une façon détournée de me dire que tu voudrais que je te demande de m'épouser ?

Elle se raidit et écarta vivement sa main, comme s'il l'avait brûlée.

— Bien sûr que non ! s'exclama-t-elle, l'air scandalisée. Mais les Italiens ont la réputation de...

— Je ne suis pas *les* Italiens, l'interrompit-il doucement. Et je n'ai encore jamais été dans cette situation. Et toi ?

— Non, dit-elle en se détendant un peu. Je suppose qu'il est trop tôt pour discuter des aspects pratiques. Je peux encore rentrer à Londres aujourd'hui comme prévu et... nous pouvons rester en contact. Réfléchir à des moyens de gérer la situation ensemble le moment venu...

Nysio se leva d'un mouvement brusque, ulcéré de voir qu'elle songeait encore à prendre ce fichu avion. Dire qu'elle avait insisté pour payer son billet !

— Tu comptes discuter de l'avenir de notre enfant par SMS ?

— Ne sois pas fâché. Ce n'est que le tout début. Nous pouvons très bien continuer à vivre normalement, comme avant. Pour l'instant, en tout cas.

— Normalement, répéta-t-il, alors que son pouls lui martelait les tempes.

Il la regarda se lever et se diriger vers la fenêtre.

— Qu'y a-t-il de normal dans le fait que, alors que tu portes mon enfant, tu envisages déjà de quitter le pays sans même que nous en ayons discuté ensemble ?

Arrivée devant la fenêtre, elle serra les poings avant de se retourner et de le dévisager un long moment en silence.

— Nous sommes au XXIe siècle, dit-elle enfin, les mâchoires crispées. Pas au Moyen Âge.

Sur ces paroles, elle traversa le salon et disparut dans la chambre.

— Aria..., commença-t-il en lui emboîtant le pas. Tu ne peux pas dire que tu veux que nous vivions cela ensemble et t'éloigner de moi à la première occasion.

— Je n'ai pas dit que je voulais que nous le vivions ensemble, j'ai dit que nous pourrions gérer la situation ensemble le moment venu.

Elle le regardait comme si c'était lui qui réagissait de façon complètement irrationnelle...

— J'ai rendez-vous avec ma conseillère bancaire la semaine prochaine pour discuter de mon projet, continua-t-elle. Je n'ai même pas encore réfléchi aux répercussions que cette grossesse va avoir sur tout cela. Je viens de perdre un emploi stable, alors ce n'est pas le moment idéal pour moi de tomber enceinte... J'ai... J'ai besoin de temps pour réfléchir. Toi aussi. Tu veux bien nous accorder cela ?

Nysio s'avança vers elle et lui posa la main sur le bras.

— Calme-toi. Détends-toi. Respire – tu te souviens ? Tu veux que je compte sur tes doigts ?

À ces mots, elle laissa échapper un petit rire bref en repensant elle aussi à leur première rencontre, et il comprit qu'il ferait mieux de ne pas la questionner davantage. Ce n'était pas le moment.

Il croisa les bras et la regarda rassembler ses affaires, puis les mettre dans la valise qu'il avait fait apporter de l'hôtel pendant qu'ils attendaient la médecin. Elle avait besoin de temps, avait-elle dit. Très bien, il lui en accorderait. Jusqu'à ce qu'elle comprenne que ce projet de coparentalité à distance était tout bonnement impossible dans l'univers où il vivait.

Que cela lui plaise ou non, Aria faisait désormais partie de sa vie de façon permanente. Nouveauté dont, étonnamment, lui-même s'accommodait fort bien, pour quelqu'un qui avait été aussi déterminé à rester célibataire jusqu'à la fin de ses jours. Fonder une famille n'avait peut-être pas fait partie de ses projets récents mais, maintenant qu'il se trouvait devant le fait accompli, Nysio savait ce qu'il voulait.

Quand il aida Aria à monter en voiture, il songea qu'elle n'allait pas apprécier ce qui l'attendait, mais tant pis. Il était résolu à ne pas la laisser partir, dût-il affronter sa colère.

8

Elle aurait dû dire quelque chose, ils auraient dû se parler, mais Aria se sentait… paralysée. Comment Nysio pouvait-il être aussi calme, aussi sûr de lui – et aussi beau dans cette chemise gris souris et ce pantalon noir ? Il avait les cheveux encore humides, les effluves boisés de son eau de toilette lui caressaient les narines…

Fermant les yeux, elle pria pour tenir le coup jusqu'au moment où ils se sépareraient, alors que d'un autre côté elle n'avait qu'une envie : annuler son vol et rester plus longtemps en Italie. Mais elle ne pouvait pas rester. Nysio ne demandait que cela, bien sûr, mais il était trop prévenant, trop… chevaleresque.

Aria tressaillit en sentant une main chaude couvrir la sienne.

— Tu t'inquiètes trop, *tesoro*, dit tranquillement Nysio en reposant la main sur le volant. Tu vas t'abîmer les doigts si tu continues.

Tournant les yeux vers lui, elle réalisa soudain qu'elle portait l'héritier d'une dynastie vieille de plusieurs siècles. Et qu'elle ignorait totalement si Nysio avait jamais envisagé d'avoir des enfants.

— Je t'entends penser, Aria. Tout va bien se passer.

— Comment pourrais-tu le savoir ? J'ai pris des anti-acides

pendant une semaine à cause de mes nausées. J'ai bu du vin avant-hier soir, au restaurant. Je n'ai pas pris de vitamines prénatales...

— Ma mère m'a dit qu'elle ne savait pas qu'elle était enceinte de moi avant d'entamer son cinquième mois de grossesse. Elle avait à peine dix-huit ans et était plutôt du genre rebelle. Je suis sûr qu'elle a fait bien pire avant de découvrir qu'elle était enceinte.

— Et vous alliez bien tous les deux ? demanda Aria, interloquée. Sa grossesse s'est déroulée sans problème ?

— C'était une jeune mère célibataire issue d'une famille de la haute société sarde, je doute que cette époque de sa vie ait été exempte de problèmes, répondit Nysio avec un rire bref et dur.

Il posa à nouveau la main sur la sienne.

— Elle se portait bien et je suis né en bonne santé. Et regarde-moi aujourd'hui – je suis un homme vigoureux et plutôt bien bâti, non ? fit-il en la regardant d'un air taquin.

Aria éclata de rire, ce fut plus fort qu'elle, avant de soupirer.

— Je ne suis même pas capable de m'occuper d'une plante, alors un bébé... Tu sais combien de fougères j'ai laissé mourir par pure négligence ?

— Tu ne seras pas seule, Aria. Je te le promets. Nous allons réfléchir à tout cela ensemble et trouver des solutions.

Un sentiment de gratitude l'envahit, si puissant qu'elle sentit les larmes lui monter aux yeux. Depuis qu'ils avaient appris l'incroyable nouvelle, Nysio lui avait apporté son soutien inconditionnel. Elle ferma de nouveau les yeux, avant de les rouvrir aussitôt en sentant la voiture faire une sorte d'embardée. Stupéfaite, elle s'aperçut qu'ils avaient quitté l'autoroute pour prendre une petite route de montagne.

— Ce n'est pas le chemin de l'aéroport.

— Nous n'allons pas à l'aéroport. Nous avons besoin de temps pour discuter de ce que nous allons faire.

Ce que nous allons faire.

Aria se redressa sur son siège.

— Fais demi-tour. Immédiatement, ordonna-t-elle, la voix rauque de colère.

Mais Nysio resta concentré sur la route, comme s'il ne l'avait pas entendue. Lorsque la voiture ralentit et franchit de hautes grilles en fer forgé, Aria était tendue à craquer. Elle eut le temps de voir l'inscription *Palazzo Bacchetti* gravée dans le mur de pierre qui se dressait de chaque côté des grilles et semblait s'étendre à l'infini. De grands cyprès bordaient l'allée, alternant avec des lampadaires dorés et des statues. Lorsqu'ils franchirent un second portail en fer forgé et qu'elle aperçut au loin le majestueux édifice, elle le contempla en retenant son souffle.

Nysio vivait dans un palais. Un vrai palais Renaissance.

Son émerveillement béat ne dura toutefois pas longtemps et, quand la voiture s'arrêta dans la cour magnifique, Aria déboucla aussitôt sa ceinture et descendit du véhicule en claquant la portière derrière elle.

— Calme-toi, je t'en supplie, dit Nysio en la rejoignant. Le stress n'est bon ni pour toi ni pour le bébé.

— Alors arrête de faire des choses qui me stressent ! riposta-t-elle sèchement. Je ne me suis pas transformée subitement en poupée de porcelaine parce que je suis enceinte. Je ne me laisserai pas mener par le bout du nez et je ne resterai pas enfermée loin de tout parce que tu estimes devoir veiller sur moi jusqu'à ce que je mette au monde ton héritier, ou ton héritière.

— Tu t'attendais à ce que je te laisse repartir en Angleterre ce matin sans même que nous ayons discuté dûment de la situation ?

— Ce n'est pas à toi de décider de ce que je peux ou ne peux pas faire sous prétexte que je suis enceinte.

— Enceinte de *mon* enfant, répliqua-t-il, le regard dur et déterminé. J'ai vraiment essayé d'être patient et rationnel parce que tu semblais très affectée par ce qui t'arrivait – ce qui *nous* arrivait. Mais je suis un homme très riche et j'ai du pouvoir, Aria. Et, en tant que tel, je dois prendre des mesures visant à garantir la sécurité de ma famille. Et veiller à ce qu'aucun de ses membres ne soit exposé à l'avidité où à la malveillance de quiconque. Or, que cela te plaise ou non, toi et notre enfant êtes désormais mon talon d'Achille et je me dois de vous protéger.

— Alors la question est réglée ? Je n'ai pas mon mot à dire, c'est ça ? rétorqua Aria en le foudroyant du regard.

— Tu as dit que tu avais besoin de temps. Moi aussi. Nous désirons la même chose… du temps et de l'espace pour réfléchir à la situation. Je demande seulement que nous le fassions ici, ensemble, afin que je puisse veiller sur toi. Et sur le bébé.

Aria se sentit prise au piège, comme si elle était déjà une mauvaise mère parce qu'elle ne voulait pas profiter de ce qu'il lui offrait pour réfléchir à l'avenir de leur enfant. D'un autre côté, elle savait que Nysio avait raison, qu'ils avaient des tas de décisions à prendre.

Elle contempla l'imposant édifice, entouré de jardins immenses eux-mêmes bordés de hauts murs de brique qui s'étiraient à perte de vue. Elle ne savait même pas où ils se trouvaient exactement. Tout était si paisible, si beau.

Superbe, comme prison.

— Je t'ai dit que j'avais des choses importantes à faire à Londres. Je peux peut-être repousser mon rendez-vous à la banque d'une semaine, mais je ne l'annulerai pas – c'est hors de question, déclara-t-elle en soutenant le regard de Nysio.

— À ta place, des tas de gens seraient ravis de séjourner dans ce *palazzo*, répliqua-t-il en se passant la main dans les cheveux d'un geste irrité. Tout ce que je te demande, c'est un peu de temps.

Un nouveau soupir échappa à Aria. Elle en avait assez de cette dispute stérile. Alors elle fit ce qu'elle faisait rarement. Elle céda.

— OK. Une semaine, mais pas un jour de plus.

Meubles rehaussés de motifs dorés, sol de marbre et tableaux anciens alignés sur les murs… Aria regardait autour d'elle, fascinée par tant de luxe et de raffinement. Le lustre suspendu au haut plafond du vaste hall d'entrée devait valoir une fortune à lui tout seul…

Un homme en élégant costume trois-pièces apparut au bas de l'escalier monumental. Elle tressaillit en reconnaissant Gianluca, l'homme rencontré à bord du jet. Il la reconnut lui aussi – Aria le vit à la lueur qui éclaira brièvement ses yeux sombres – mais il n'en montra rien et leur souhaita aimablement la bienvenue, avant que Nysio l'informe d'un ton neutre qu'elle serait leur invitée pour la semaine.

Si Gianluca fut surpris par le comportement de son employeur, il ne le montra pas davantage. Ensuite, les deux hommes lui firent visiter rapidement les parties du *palazzo* ouvertes au public. Impressionnée, elle écouta les explications de Nysio et réalisa qu'elle se trouvait dans un lieu chargé d'histoire, mais sans arriver à croire que ce palais somptueux appartenait au père de l'enfant qu'elle portait. Ele découvrit même un musée… Et quantité de personnel, bien entendu.

Nysio disparut et revint au moment où elle commençait à s'installer dans la suite où l'avait conduite une jeune employée souriante. Cette suite était située dans les appartements de Nysio, à côté de la sienne. Elle aurait dû être soulagée d'avoir son propre espace. Le sexe n'aurait que compliqué encore la situation. Ils avaient besoin de stabilité, d'échanges, de respect. En outre, Nysio avait raison, reconnut de nouveau Aria. Il leur fallait du temps pour apprendre à se connaître afin de coopérer dans l'harmonie et la bonne entente.

Il entra dans la chambre et plissa le front en regardant sa valise ouverte sur le sol.

— Si tu n'as pas assez de vêtements, je peux t'en faire apporter d'autres, il te suffira de me dire quelle est ta boutique préférée.

— J'ai le permis de conduire, tu sais ?

— Je préférerais que tu restes à l'intérieur de la propriété. Et puis je suis en relation avec la plupart des boutiques de Florence et de Milan.

— Ah... Tu as l'habitude de leur commander des vêtements de femme, si je comprends bien ?

Il haussa les sourcils d'un air si choqué qu'elle enchaîna à la hâte :

— Cela ne me regarde pas, bien sûr. Je ne suis ici qu'en tant qu' « invitée ».

— J'ai pensé que tu n'aimerais pas que je précise les détails de notre situation à tout le personnel... Mais, si tu le souhaites, je peux les rappeler pour leur expliquer la véritable nature de notre relation.

— Nous n'avons pas vraiment de relation, Nysio, déclara Aria en croisant les bras.

L'espace d'un instant, elle crut qu'il allait pencher la tête et l'embrasser. Son pouls s'accéléra, son corps réagissait à la proximité du sien comme chaque fois qu'ils se trouvaient proches l'un de l'autre.

Nysio ressentait la même chose, elle le savait. Quelque chose avait basculé entre eux. D'instinct, elle se passa le bout de la langue sur les lèvres et vit les yeux bleus s'assombrir. Mais, au lieu de franchir le peu de distance qui les séparait, il resta immobile.

— Si je n'avais pas été certain que tu te serais enfuie à la première occasion, j'aurais déclaré que tu m'appartenais devant tout le monde. Je ne suis pas comme ce salaud qui a profité de toi autrefois. Je ne fais pas semblant, Aria. Quand j'ai dit que nous discuterions de toutes les options pendant ton séjour au *palazzo*, je ne mentais pas. Nous envisagerons *toutes* les solutions. Y compris le mariage.

L'accent rauque qui colora sa voix quand il prononça le dernier mot fit naître un frisson au creux des reins d'Aria.

— Si tu crois que tu peux me forcer à accepter un truc aussi arriéré qu'un mariage de convenance ou…

— Je n'ai pas l'intention de te forcer à quoi que ce soit, l'interrompit-il en haussant un sourcil. Tu m'as accordé une semaine, Aria. Je compte en profiter pour explorer à fond toutes les possibilités qui se présentent à nous.

9

Le lendemain matin, Aria était assise devant la table ronde d'un petit salon à l'atmosphère cosy, et une jeune employée lui demandait comment elle voulait ses œufs, après lui avoir servi une tasse de café décaféiné à l'arôme puissant.

À son grand soulagement, elle prenait le petit déjeuner seule. Après cet échange déstabilisant avec Nysio, elle avait décliné son invitation à dîner avec lui. Elle avait besoin de temps pour réfléchir tranquille, lui avait-elle expliqué, et il n'avait pas insisté. Aria s'était fait servir une simple collation dans sa chambre, et elle en avait profité pour passer quelques coups de fil. En fait, elle s'était contentée de laisser un message vocal à ses parents, disant qu'elle avait rencontré une amie et décidé de prolonger son séjour en Italie.

D'autre part, elle avait envoyé une série de longs SMS à Priya dans lesquels elle lui parlait de son projet de lancer une nouvelle marque de lingerie.

Dès qu'elle eut terminé son petit déjeuner, Aria se leva de table et repoussa sa chaise.

Parmi tous les Italiens qu'elle aurait pu rencontrer, pourquoi était-elle tombée sur un somptueux milliardaire propriétaire d'un *palazzo* ? Un palais regorgeant d'œuvres d'art qui valaient une fortune et duquel elle n'avait pas le droit de s'éloigner.

Elle continua d'avancer dans le couloir désert, Dieu merci, comme tous ceux qu'elle emprunta ensuite et qui, si elle ne se trompait pas, conduisaient au musée.

Jamais elle ne s'était sentie aussi calme et aussi libre que lorsqu'elle voyageait de ville en ville et découvrait de nouveaux endroits, apprenait toutes sortes de détails à leur sujet. À une époque, Priya l'avait accompagnée dans ses voyages quand leurs emplois du temps respectifs le permettaient, et ces moments avaient été les plus heureux, les plus agréables de sa vie. Elles avaient tellement bourlingué ensemble... Durant ces années-là, elle avait aidé son amie à guérir de son passé.

D'après le dernier appel de Priya, celle-ci était maintenant mariée et démarrait sa propre entreprise. Pressée de toucher son héritage, Priya s'était enfuie avec le frère de son ex-fiancé et l'avait épousé, et manifestement ils étaient très épris l'un de l'autre. Elle n'avait pas proposé à Aria de la voir et ne s'était pas excusée de l'avoir abandonnée à New York... Elle n'avait pas pu faire autrement, mais quand même... Aria se dit que c'était à cause de cela qu'elle-même n'avait pas fait allusion à Nysio ni à sa grossesse dans ses SMS. Elle aussi pouvait avoir des secrets, après tout.

Depuis un an, voire au fil des dernières années, leurs chemins s'étaient écartés l'un de l'autre. Elles avaient été très occupées toutes les deux, surtout lorsque Aria avait consacré tous ses moments libres à ses études en ligne.

Mais sa meilleure amie lui manquait beaucoup, reconnut-elle en soupirant.

Tout en songeant à cela, elle continua d'avancer et arriva au musée. C'était impardonnable de ne pas ouvrir ces salles au public. De ne pas montrer ces chefs-d'œuvre au monde entier. Nysio les avait-il toujours gardés jalousement pour lui dans sa forteresse, en s'enfermant avec ?

Quand il disait que le travail était une drogue pour lui, Aria ne le croyait pas. Un homme aussi riche que lui n'avait pas besoin de travailler toute la journée ! Il avait forcément envie de dépenser son argent, de s'offrir des yachts, des villas, voire des îles privées, non ?

Plongée dans ses pensées, elle n'avait pas réalisé qu'une fois sortie du musée elle était arrivée dans une partie du palais qui paraissait plus récente, plus moderne et encore plus calme que celles qu'elle connaissait déjà. Elle qui donnait sur les magnifiques jardins ornementaux situés à l'arrière de la propriété.

Sans réfléchir, elle ôta ses sandales et s'avança sur la pelouse. Des parterres de fleurs aux teintes vibrantes longeaient une allée dallée conduisant à une imposante fontaine. Au loin, Aria vit des haies de buis qui semblaient former un labyrinthe. Elle marcha pendant un moment, heureuse de laisser libre cours à ses pensées et de sentir les tensions disparaître de son corps. Bouger l'aidait souvent à calmer l'agitation mentale qui la submergeait parfois. Quand elle rebroussa chemin et repartit en direction du *palazzo*, elle avait une vision plus claire de sa situation.

À travers une large baie vitrée ouverte sur un charmant patio, elle aperçut une pièce lumineuse aux murs couverts de rayonnages de livres et au milieu de laquelle trônait un grand bureau ancien devant lequel Nysio était assis. Ses cheveux bouclés tombant sur son front, ses élégantes lunettes sur le nez, il était concentré sur un document posé devant lui.

Elle s'arrêta au milieu du patio et le regarda. Il ne l'avait pas entendue s'approcher, manifestement.

— La porte de mon bureau est toujours ouverte, Aria. Ne reste pas dehors, tu vas avoir froid aux pieds.

Ça alors... Il n'avait pas levé les yeux mais l'avait sentie approcher. Lentement, il ôta ses lunettes et les posa sur le bureau à côté de ce qui n'était pas un document de travail mais un livre avec la photo d'une femme enceinte sur la première de couverture. *Neuf mois pour…* Aria n'eut pas le temps de lire le titre en entier car Nysio poussa le livre sur le côté et s'éclaircit la voix.

— Tu as l'air bien reposée, dit-il en laissant descendre son regard sur son T-shirt et son jean.

— Aussi bien reposée qu'on peut l'être en prison, je suppose. Qui aurait pu se douter que les cellules étaient équipées de lits à baldaquin ?

— Tu as retrouvé ton sens de l'humour, à ce que je vois, répliqua-t-il avec un petit sourire en coin.

Se levant, il contourna le bureau et s'assit nonchalamment sur le bord, face à elle.

— Je m'étais demandé si nous allions échanger quelques plaisanteries banales avant de nous sauter à la gorge, mais cette petite joute verbale est infiniment plus divertissante.

— Ravie de t'être agréable, répliqua Aria, pince-sans-rire, en s'avançant d'un pas dans la pièce lumineuse.

Il baissa les yeux sur ses pieds nus et fixa un instant les ongles rouge vermillon tandis qu'elle-même ne pouvait réprimer un léger tremblement. À le voir dans ce palais somptueux, dans cette pièce qui devait être sa tanière, elle sentait combien il était chez lui… Et pas elle. Elle-même n'était qu'une femme bizarre rencontrée par hasard à Manhattan et qui l'avait diverti le temps de quelques étreintes passionnées. Quand il lui avait proposé un « arrangement plus régulier », il pensait à des rencontres secrètes, dans sa résidence florentine où il ne vivait plus. Avant de savoir qu'elle était enceinte, Nysio n'avait jamais eu l'intention de l'amener ici, dans son cher *palazzo*.

D'ailleurs, il ne l'avait pas invitée à partager sa chambre.

Il ne l'avait plus touchée depuis la découverte de la stupéfiante nouvelle. Et tout en lui en voulant de l'avoir amenée ici contre son gré, elle devait bien reconnaître qu'il lui manquait terriblement.

Aria repoussa résolument cet accès de sentimentalisme. Elle avait des questions pratiques à régler avec Nysio, des décisions à prendre et des détails à mettre au point. Il s'agissait d'une négociation, et elle devait rester sur ses gardes.

— J'ai décidé de profiter au maximum de mon séjour, reprit-elle d'un ton dégagé. D'explorer les jardins, de me changer les idées.

— Tu aurais dû venir me voir. Je ne demande qu'à te faire visiter le *palazzo* et…

— Cela ne me dérange pas de me promener seule, l'interrompit-elle à la hâte. J'ai besoin de solitude pour mettre de l'ordre dans mes idées. J'étais déjà stressée à cause de mon nouveau projet avant que nous découvrions … la situation.

— Nous allons continuer longtemps à appeler ce qui nous arrive « la situation » ? dit Nysio en l'observant d'un air songeur.

Elle s'avança vers les rayonnages de livres, effleura les dos des ouvrages reliés en cuir et de classiques dont elle reconnut les titres. Enfant, elle n'aimait pas lire – elle trouvait le processus trop lent. Puis, elle avait essayé les livres audio et découvert qu'ils étaient plus faciles à suivre, et elle aimait lire de cette façon. Mais, des rayonnages de vieux livres dont on devinait qu'ils avaient été lus et relus, c'était tellement plus romantique…

— Mes problèmes doivent te paraître bien banals, à toi qui gères des millions… ou des milliards.

— D'après mon expérience, le succès est une notion toute relative. La réussite et l'argent n'empêchent pas que l'on puisse éprouver un sentiment d'insatisfaction.

Tournant son regard vers lui, Aria vit de la vulnérabilité

dans ses beaux yeux bleus. Elle s'éclaircit la voix et, s'avançant plus avant dans la pièce, elle aperçut un superbe jeu d'échecs en marbre posé sur une table.

— Tu joues aux échecs ? demanda Nysio.

— Mes sœurs aînées m'ont appris à jouer, répondit-elle en riant doucement. Et elles l'ont vite regretté quand j'ai commencé à les battre systématiquement. Mes parents ont dû donner notre échiquier pour faire cesser les disputes.

— Tu avais du tempérament...

— Comme toutes les rousses, diraient la plupart des gens, répliqua Aria en haussant les épaules.

— Je ne suis pas la plupart des gens.

Elle battit des cils et retint la riposte qui lui montait aux lèvres.

— Oui, j'avais du tempérament, enfant, dit-elle plutôt en s'asseyant devant l'échiquier. Pas assez de patience et beaucoup trop d'énergie. Une fois que j'ai su que mon cerveau fonctionnait différemment, j'ai mieux compris cette partie de ma vie.

Les sourcils froncés, Nysio s'assit en face d'elle.

— Personne ne s'était jamais interrogé sur ton comportement, quand tu étais enfant ?

— Non. Mes parents sont des gens très calmes, concentrés sur leur carrière universitaire. Ils ne me comprenaient pas, et je ne désirais pas vraiment être comprise.

Aria s'interrompit un instant, soudain embarrassée de parler de cela avec lui.

— Les choses étaient différentes, à l'époque, reprit-elle néanmoins. Je ne leur en veux pas. Notre famille s'est dispersée, mes parents, mes sœurs et moi, nous ne nous voyons plus beaucoup.

— C'est dur à vivre, quand on ne correspond pas à l'image que les parents ont projetée sur nous.

Surprise, elle le dévisagea un instant en silence.

— C'est ce que tu ressens avec les tiens ?

— J'ai toujours été sujet à des crises d'angoisse. Mon père n'a jamais accepté que j'aie des difficultés face aux grands événements publics ou privés, il me disait d'être un homme. Il est de la vieille école, il ne voit pas l'utilité d'exprimer ses sentiments ou ses émotions…

Il s'interrompit, le regard sombre, et resta silencieux un long moment.

— Ça doit être difficile pour toi, la maladie de ton père, leur installation en Sardaigne…

— J'ai bénéficié d'une vie très privilégiée, répliqua-t-il avec un haussement d'épaules. On m'a appris à apprécier la position dans laquelle je suis né. J'ai été éduqué en vue de jouer mon futur rôle dès l'instant où j'ai su parler, alors, même si j'ai eu du mal au début, j'ai fini par correspondre à ce qu'ils attendaient de moi. Je suis devenu celui qu'ils voulaient que je sois.

Brusquement, Aria repensa à ce qu'il lui avait dit sur son amour de la poésie et se demanda s'il aurait préféré devenir un autre que celui qu'il était devenu, si on lui avait accordé la permission d'être lui-même. C'était si triste d'imaginer un petit garçon éduqué pour jouer un rôle.

Sans doute désireux de changer de sujet, Nysio lui demanda si elle voulait faire une partie d'échecs, et ils déplacèrent bientôt les pièces en marbre sur l'échiquier. Il ne la laissa pas gagner, il était manifestement un joueur aguerri, mais elle réussit quelques beaux coups avant de se voir infliger rapidement un échec et mat.

— Encore une ? demanda-t-il en haussant un sourcil.

Aria secoua la tête, et ils recommencèrent à bavarder tranquillement. Quand il lui demanda à nouveau pourquoi elle avait cessé de fréquenter des hommes, elle hésita une seconde, puis décida de tout lui raconter.

Elle lui expliqua qu'elle avait rencontré un homme plus âgé prénommé Theo durant sa première année d'université, qu'il l'emmenait en vacances, en week-end, mais évitait toujours de s'afficher publiquement avec elle. Il répétait souvent qu'il adorait ses courbes voluptueuses si bien que, lorsqu'il lui faisait de temps en temps des remarques désagréables ou des critiques sur son corps, elle prenait cela pour de l'amour. À la fin seulement, Aria s'était rendu compte qu'elle avait gommé ou modifié des tas d'aspects de sa personnalité pour tâcher de correspondre à ce qu'il attendait d'elle, sur tous les plans.

Theo était un homme imprévisible et impulsif, continua-t-elle. Il l'utilisait et la repoussait quand cela lui chantait. Mais il suffisait qu'il s'excuse pour qu'elle lui pardonne... Jusqu'à ce qu'il lui demande de l'épouser et organise leur mariage en Grèce, avant de l'abandonner là-bas...

Ébranlée malgré elle par ces souvenirs, Aria rassembla les pièces et effleura la main de Nysio qui faisait la même chose.

— Je ne suis pas pour la violence, dit-il en croisant son regard, mais, si je rencontrais ce Theo dans la rue, j'aurais du mal à ne pas lui casser la figure.

— Priya m'a vraiment beaucoup aidée à ce moment-là.

Elle sourit.

— C'est bizarre de penser que nous nous sommes rencontrés uniquement parce que ma meilleure amie s'est enfuie en courant le jour de son mariage... Elle est partie avec le frère de son ex et l'a épousé, tu te rends compte ?

Voyant une expression étrange passer sur les traits de Nysio, Aria se rendit compte qu'elle n'avait pas vraiment parlé de Priya depuis leur rencontre devant la Cour suprême de justice de Manhattan, ni de ce pitoyable mariage raté.

Nysio était-il mal à l'aise parce que cela lui rappelait sa crise de panique dans la rue ?

Elle n'avait plus eu de nouvelles de Priya depuis leur dernier échange téléphonique, au cours duquel son amie lui avait annoncé qu'elle avait épousé Eros Theodorou, un riche magnat grec, et que leur mariage avait été provoqué au départ par la clause ridicule d'un testament et une course de vitesse entre Eros et l'ancien fiancé de Priya, Xander Mytikas.

Une pensée lui vint soudain à l'esprit. Comment avait-elle pu oublier cela ?

— Tu sais, ce jour-là, dans la rue, j'ai entendu Xander envoyer ses hommes à la poursuite de son frère, poursuivit-elle.

Les narines de Nysio frémirent tandis qu'il écarquillait légèrement les yeux, confirmant le soupçon qui venait de traverser Aria.

— Lorsque je t'ai vu, je me suis demandé brièvement si tu n'étais pas ce frère en question. Mais tu as dit que tu étais à New York pour affaires, alors j'ai présumé que tu ne connaissais pas Xander. C'était vrai ?

— Non, répondit prudemment Nysio. Ce n'était pas vrai. Mais je crois que tu l'as déjà compris. La vérité c'est que Xander et Eros sont mes demi-frères. Nous sommes tous les trois les fils illégitimes de Zeus Mytikas.

Aria le dévisagea, l'air suffoquée.

— Tu m'as menti ? C'est pour cela que tu m'as proposé de me déposer à Londres ? Pour pouvoir t'assurer que je n'avais pas deviné ton secret ?

— Non ce n'était pas pour cela, mais j'y ai songé un bref instant. Ensuite j'ai vite compris que tu ne savais rien et puis… Eh bien, tu sais ce qui s'est passé. Mais il ne s'agit pas seulement de toi. Je n'en ai parlé à personne.

Une sensation de froid se répandit dans sa poitrine, il ne voulait pas parler de cela. Mais le regard blessé d'Aria lui donnait l'impression d'être le dernier des salopards.

— Savais-tu que Priya avait épousé ton frère ?

Il tressaillit à ce mot. Il avait tout fait pour ne pas penser à Eros et à Xander depuis qu'il avait quitté New York. Même quand il avait reçu une invitation à les rencontrer tous les deux pour envisager d'éventuelles options pour contourner le testament. Il l'avait déchirée sans la moindre hésitation. Après avoir ignoré leur existence pendant plus de trente ans, il n'avait pas l'intention de se prêter à de quelconques « retrouvailles ».

— Oui, on m'a informé que mes deux demi-frères s'étaient mariés récemment dans le but de toucher l'héritage de Zeus.

Une lueur peinée traversa les magnifiques yeux verts.

— C'est à cause de cela que tu veux m'épouser ? Pour rentrer dans la course à l'héritage ?

— Non ! protesta Nysio. Et je suis choqué que tu me poses la question.

— Je ne sais plus si je peux te croire…, murmura-t-elle en se couvrant le visage des mains. Le mari de ma meilleure amie est ton frère. Lui et Xander sont les futurs oncles de notre enfant, Priya est leur tante. Je ne lui ai même pas encore dit que j'étais enceinte ! Je… Il faut que j'aille m'allonger un peu.

Il la regarda s'en aller sans chercher à la retenir. C'était plus simple de se réfugier dans le silence que de lui expliquer qu'il avait découvert sa parenté avec Zeus et ses frères peu de temps avant leur rencontre. À ce moment-là, il avait été sous le choc – il l'était encore, d'ailleurs. Nier la réalité ne changerait rien aux faits. Mais chacun s'y habituait à son rythme et à sa façon. Il s'était raccroché à son ancienne réalité en refusant catégoriquement d'admettre que sa vie avait en grande partie reposé sur un mensonge.

Aria était apparue comme une étoile lumineuse qui l'avait empêché de sombrer dans l'obscurité. Mais il ne pouvait pas continuer à lui imposer ce fardeau. Elle portait son enfant et il lui avait demandé de lui faire confiance... alors que de son côté...

Furieux contre lui-même, Nysio se dirigea vers la porte en poussant un juron et tomba sur Gianluca qui arrivait en sens inverse.

— Nous sommes d'excellente humeur, à ce que je vois.

Il ignora la remarque gentiment ironique de son fidèle employé, fit demi-tour et alla se rasseoir derrière son bureau.

— Votre mère a appelé.

— Je m'en fiche.

Gianluca s'avança et posa les mains sur le bureau en se penchant en avant, forçant ainsi Nysio à le regarder.

— Cora est au courant, pour le testament. Elle sait que vous connaissez la vérité.

Pétrifié, il regarda le plus vieil ami de son père dans les yeux et comprit que lui aussi savait. Évidemment. Il aurait été impossible de cacher un tel secret à celui qui veillait sur la famille Bacchetti depuis plus de cinquante ans. Gianluca était leur homme de confiance, leur administrateur, l'homme sur lequel reposait tout le fonctionnement du *palazzo*... Il était au courant, forcément.

— Restez assis, dit Gianluca au moment où Nysio allait se lever. Et écoutez-moi, ajouta-t-il doucement.

Le fidèle serviteur de la famille lui exposa alors une version totalement différente de celle que lui-même avait imaginée après avoir appris la vérité sur sa naissance. Arturo et Cora étaient très épris l'un de l'autre, expliqua Gianluca. Mais lors d'une rupture passagère causée par une querelle d'amoureux, une erreur stupide avait conduit Cora dans les bras de Zeus. Peu de temps après, elle s'était réconciliée avec Arturo et ils s'étaient fiancés. Elle était enceinte de quatre mois quand elle avait découvert sa grossesse, une semaine avant le mariage. Elle l'avait dit à Arturo sur-le-champ et lui avait rendu sa bague de fiançailles mais Arturo avait choisi de reconnaître Nysio comme son fils. Et les choses auraient dû en rester là.

Zeus étant un homme cruel et puissant, c'était la meilleure façon de protéger Nysio et Cora, poursuivit Gianluca. Et le subterfuge avait fonctionné, jusqu'à ce que Zeus rencontre par hasard le fils de Cora Bacchetti, alors un bel adolescent aux yeux bleus, à l'occasion d'un événement mondain et fasse faire secrètement un test ADN. Après cette malencontreuse rencontre, ses parents avaient décidé de prendre des mesures légales – celles mentionnées dans le testament. Cela n'avait pas été facile, et Cora avait alors supplié Arturo de dire la vérité à leur fils. Mais il avait refusé, craignant de voir changer le lien qui l'unissait à Nysio et ne voulant pas lui infliger un tel choc. Et surtout parce qu'il ne voulait pas prendre le risque de perdre à jamais la confiance de leur fils.

Nysio écouta Gianluca en silence, sans se soucier de dissimuler son émotion et les larmes qui lui montaient aux yeux. Quand il eut achevé son récit, Gianluca le laissa seul avec ses pensées, et avec une perception totalement nouvelle du secret sordide auquel il évitait de penser mais qui le hantait depuis plusieurs semaines. Il voyait maintenant la réalité telle qu'elle était : ses deux parents avaient pris la décision qu'ils jugeaient la meilleure et choisi de taire la vérité à leur enfant.

Pour le protéger. Et parce qu'ils l'aimaient.

10

Aria se concentra sur son couteau avant de le planter dans la courgette et de la fendre en deux moitiés égales. Satisfaite du résultat, elle en prit une deuxième. Après les révélations de la veille, proposer son aide en cuisine lui avait été salutaire. Lorsqu'elle s'était retrouvée dans sa suite après avoir quitté Nysio, elle avait eu l'esprit en proie à un chaos si épouvantable qu'elle avait accueilli avec soulagement la médecin qui venait lui retirer son implant. Avant de partir, celle-ci lui avait indiqué le moment où elle devrait faire sa première échographie.

Le personnel de la cuisine s'affairait à préparer la distribution de repas quotidienne organisée par Nysio et destinée à deux refuges pour sans-abri de Florence. Les arômes montant de toutes parts lui ouvraient l'appétit, mais Aria avait déjà décidé de se contenter à nouveau d'une collation qu'elle prendrait seule dans sa suite.

Nysio lui avait fait remettre un mot dans lequel il s'excusait et la priait de venir le voir quand elle s'y sentirait prête. Or elle n'était pas prête. Elle lui en voulait encore trop de lui avoir menti, alors que, de son côté, elle lui avait confié des tas de choses personnelles sur elle-même, notamment sa lamentable histoire avec Theo.

Qu'il lui ait menti délibérément ou non, l'attitude de Nysio l'avait blessée au vif et avait détruit sa confiance.

Aria secoua la tête et glissa un grain de raisin entre ses lèvres avant de savourer le bouquet de saveurs qui explosait sur son palais. On n'en trouvait pas de pareils en Angleterre, hélas. Jamais elle n'avait aussi bien mangé que depuis son arrivée en Italie.

Quand elle eut terminé de couper les tomates en tranches, elle bavarda un moment avec la cheffe avant que celle-ci ne la quitte en disant que c'était l'heure de sa pause. Les autres employés revenant de la leur et se remettant au travail, Aria se retrouva seule avec ses pensées.

Brusquement, elle sentit les larmes lui monter aux yeux et une émotion incontrôlable lui nouer la gorge. Maudit soit Nysio, avec son accent italien si sexy et son charme irrésistible auquel elle avait succombé.

Se levant, elle s'avança vers le fond de la cuisine et descendit les marches qui conduisaient à un couloir souterrain. Y avait-il des oubliettes quelque part ? se demanda-t-elle en écoutant résonner le bruit de ses pas. À l'extrémité du couloir, une large porte de bois ouvrait sur une vaste cave. La lumière s'alluma automatiquement lorsque Aria s'avança et s'immobilisa, médusée, en voyant des tonneaux énormes alignés côte à côte.

Elle s'avança sur le sol de pierre pour examiner les étiquettes apposées sur chacun des tonneaux et écarquilla les yeux en déchiffrant les dates qui y étaient inscrites. Certaines remontaient à plus d'un siècle.

Continuant son chemin, elle passa sous un porche voûté et entra dans une cave plus petite. Il n'y faisait pas vraiment froid mais pas chaud non plus. Aria remarqua la présence d'un système d'aération moderne, et aperçut des petits thermomètres numériques affichant la température et l'heure.

Elle trouva encore une troisième cave qui n'abritait pas des tonneaux de bois mais des cuves en verre. Le vin avait déjà été mis en bouteille, et elle reconnut son nom : Viti Di Cora. Celui que portait l'étiquette de la bouteille du vin aperçue à bord du jet.

Des pas résonnant derrière elle, Aria se retourna à l'instant où la haute silhouette de Nysio apparaissait sous le porche.

— Je t'ai vue descendre. Je venais te voir pour te parler.

Elle baissa les yeux. Elle se sentait encore vulnérable après les révélations de la veille. Mais elle aussi voulait parler. Et lui laisser le temps de s'expliquer. Aussi hocha-t-elle la tête quand il l'invita à le suivre dans les entrailles du fabuleux *palazzo*.

— Où sommes-nous, exactement ?

— Autrefois, c'était une armurerie, mais à présent c'est la cave à vin. Tu as ici l'une des collections les plus prestigieuses du pays.

Aria contempla les bouteilles alignées sur des rayons et protégées par des vitrines.

— Elle t'appartient ?

— Oui, répondit Nysio en appuyant le pouce sur un petit écran encastré dans le mur qui était apparu soudain, comme par magie.

Fascinée, elle vit une des portes de verre coulisser sans bruit.

— Tu as vraiment besoin d'une serrure biométrique pour protéger des bouteilles de vin ?

— Il ne s'agit pas de n'importe quel vin, Aria.

— Ah… Je me suis toujours demandé quel goût pouvaient avoir ces vins anciens.

Nysio la regarda d'un air horrifié.

— Ces bouteilles ne sont pas destinées à la consommation.

— Tu parles sérieusement ? Tu veux dire que c'est comme si on achetait des cupcakes pour les déposer sur une cheminée et les y laisser pendant un siècle ? C'est pervers, je trouve. Il doit bien y avoir du bon vin ancien destiné à être consommé, non ?

— Bien sûr. Et je comprends ta comparaison. Mais la collection que tu vois ici a une valeur muséale.

— Ah, fit de nouveau Aria en hochant la tête. Les livres anciens, les œuvres d'art, le vin... Tu as vraiment une âme de collectionneur...

— Le vin est depuis longtemps ma passion.

— Manifestement..., répliqua-t-elle en riant.

Elle tourna les yeux vers les rangées de bouteilles.

— Et tu as ta marque préférée.

— Le Viti Di Cora est en effet mon vin préféré, mais c'est surtout une question d'orgueil, dit-il en prenant une bouteille posée sur le plus haut rayon. Mais bon, je manque sans doute d'objectivité, vu que c'est le mien.

— Comment ça, c'est le tien ?

— Je le fabrique. Enfin, je ne suis pas tout seul, évidemment. Mais les raisins viennent de notre vignoble de Sardaigne, là où sont maintenant installés mes parents. Cette terre appartient à la famille de ma mère depuis plus d'un siècle. Cette variété de raisin est très spéciale et donne un vin unique...

Il s'interrompit et soupira.

— Excuse-moi. Je parle trop.

— Non, c'est passionnant, je t'assure. Je n'y connais absolument rien en la matière sinon qu'il vaut mieux choisir du blanc pour accompagner le poisson et du rouge pour la viande. Et encore...

— Et moi j'en sais bien trop long sur le sujet, comme en témoignent ces caves, répliqua-t-il en se passant la main dans les cheveux. En fait, j'étais simplement descendu ici pour te parler... d'hier. Et m'excuser. Je sais que j'ai beaucoup de mal à aborder ce sujet... Je suis encore sous le choc, je l'avoue. Je n'ai appris que Zeus était mon père biologique qu'après sa mort, lorsque j'ai reçu un exemplaire de son testament.

Tout en parlant, il sortit des caves en l'invitant d'un geste à le suivre. Il avait besoin de marcher, ce qu'Aria comprenait fort bien. Après avoir traversé la cuisine, ils débouchèrent sur la terrasse sur laquelle tombait le crépuscule. Nysio continua son récit, lui racontant qu'il avait été élevé pour succéder à son père, qu'il avait toujours pensé qu'il était différent mais sans jamais remettre son rôle en question. Il avait toujours su que ses parents s'étaient mariés parce que sa mère était tombée accidentellement enceinte, mais pas qu'elle portait l'enfant d'un autre homme.

— Ma mère sait que j'ai reçu le testament... Si je ne vais pas en Sardaigne, elle risque de débarquer au *palazzo*. Et puis... j'ai déjà trop repoussé le moment d'aller les voir. Mais l'état de mon père ne fait qu'empirer... Comment suis-je censé me comporter avec lui maintenant que je sais qu'il n'est pas mon vrai père ?

— À t'entendre, j'ai au contraire l'impression que c'est ce qu'il a été pour toi – un *vrai* père, répliqua Aria. Je suis certaine – enfin, on ne sait jamais... – d'être la fille biologique de mes deux parents et je n'ai jamais eu le sentiment d'être à ma place dans ma famille. Tes parents ont peut-être un peu trop insisté sur le côté « appartenance à la lignée Bacchetti » mais ils l'ont fait par amour.

Nysio acquiesça d'un hochement de tête en regardant le soleil disparaître en partie derrière la ligne d'horizon.

— Tu ne pourras pas repousser indéfiniment le moment de les voir, ajouta doucement Aria.

— Tu n'es là qu'une semaine, je ne veux pas perdre une journée à faire l'aller-retour en Sardaigne.

— Je pourrais t'accompagner. Il faudra bien leur annoncer

un jour qu'ils vont être... grands-parents. Alors pourquoi ne pas le faire maintenant, pendant que je suis là ? Cela m'aiderait peut-être à mieux comprendre ta famille... Et puis je ne veux pas te laisser vivre ce moment difficile seul.

— J'aimerais que tu voies le vignoble, dit Nysio, songeur. Et nous pourrions en profiter pour discuter tranquillement.

Quand il raccompagna Aria jusqu'à la porte de sa suite, Nysio se contenta d'un petit baiser sur la joue et lui souhaita une bonne nuit avant de disparaître dans sa propre suite. Elle resta figée sur le seuil en se traitant d'idiote. Car non seulement elle avait cru qu'il allait entrer avec elle dans la sienne, mais elle l'avait espéré. Soudain, la perspective de passer une nouvelle nuit seule, sachant qu'il se trouvait à proximité, lui parut insupportable.

Elle ne s'attendait pas à ce qu'il tombe amoureux d'elle, naturellement. Pour un homme comme Nysio, se retrouver avec une femme enceinte sur les bras devait représenter le pire des cauchemars. Mais, quand elle referma la porte de sa chambre, Aria réalisa qu'elle était près de succomber à la tentation.

Serait-ce vraiment si horrible de devenir sa femme ?

Se dressant sur le haut d'une falaise qui surplombait la mer, l'imposant *castello* de la famille Bacchetti était entouré de terres agricoles et de vignes.

Cora et Arturo Bacchetti apparurent en haut des marches, main dans la main. La mère de Nysio, une ravissante petite brune, était nettement plus jeune que son mari et, à en juger par la tendresse avec laquelle elle lui demanda s'il se sentait assez fort pour descendre les quelques marches, elle était toujours très amoureuse de lui.

Se tenant un peu à l'écart – d'autant qu'elle ne comprenait pas un mot d'italien –, Aria vit Nysio, raide et crispé, embrasser du bout des lèvres sa mère sur les deux joues. Cora faisait des efforts visibles pour se dominer, mais elle finit par fondre en larmes en voyant Nysio se figer devant son père, avant de se pencher pour l'embrasser à son tour sur les deux joues, mais sans aucune chaleur.

Ensuite, il resta pétrifié à côté d'Arturo tandis que sa mère sanglotait maintenant sans retenue. Aria s'éclaircit la voix pour attirer l'attention de Nysio et désigna sa mère d'un petit mouvement de tête. Il comprit et se pencha pour prendre la minuscule Cora dans ses bras, et Aria les entendit bientôt se parler tous les trois à voix basse.

Au bout d'un long moment, les sanglots cessèrent et... l'attention du petit groupe se reporta sur Aria.

Mais, au lieu de la présenter à ses parents, Nysio leur murmura quelque chose en italien en la regardant, avant de faire un geste très évocateur en direction de son ventre.

Cora regarda son fils en écarquillant les yeux.

— *Diventerai papà* ?

Puis elle s'avança rapidement vers Aria et la prit par les épaules avant de dire en anglais :

— Je suis si heureuse que je recommence à pleurer. Bienvenue dans la famille, Aria.

L'instant d'après, Aria se retrouva entraînée à l'intérieur du *castello*, dans un adorable salon où les attendait quantité de nourriture et de boissons, dont du vin d'un beau rouge foncé.

— Je vous sers un peu de vin, c'est bon pour le bébé, dit le père de Nysio en souriant.

Les mains légèrement tremblantes, il remplit son verre à ras bord. Quelques minutes plus tard, l'infirmière qui s'occupait de lui arriva et Aria entendit Nysio demander à un employé si leurs bagages avaient été transportés dans leur suite.

— Hé, attends, intervint-elle en le rejoignant. Depuis quand partageons-nous à nouveau la même chambre ?

Il eut le bon goût de prendre un air contrit.

— Mon père a présumé que nous étions fiancés et a fait préparer pour nous la suite réservée aux invités d'honneur.

Aria réfléchit et le regarda, le cœur battant inconfortablement dans sa poitrine. Arturo croyait qu'elle était la fiancée de son fils – et lui ne l'avait pas détrompé ? « Bienvenue dans la famille », avait dit Cora…

Dès qu'elle se retrouverait seule avec Nysio, elle allait lui dire deux mots.

Quelques instants après, il grimpa lestement les marches de pierre du grand escalier tandis qu'Aria le suivait en maugréant. Arrivée à mi-hauteur, elle s'arrêta un instant pour reprendre son souffle lorsqu'il se retourna et poussa un juron étouffé.

— Tu es en nage !

— Merci, je fais ce que je peux.

Reprenant son ascension, elle passa devant lui sans le regarder. Une fois arrivée sur le palier, elle se rapprocha d'une immense peinture trônant sur le mur. Mais elle eut à peine le temps de l'admirer car Nysio la prit par les épaules et la fit pivoter vers lui avant de lui poser la main sur le front.

— Je ne plaisante pas, Aria. J'ai lu dans l'un des manuels que je me suis procurés qu'une élévation de la température corporelle pouvait être néfaste pour la mère et le bébé.

— Je ne risque pas d'avoir un coup de chaleur, c'est la fin de l'automne, répliqua-t-elle en écartant doucement sa main. Alors tu lis des livres sur la grossesse ?

— Bien sûr, répondit-il simplement. Je sais maintenant à

quoi nous attendre. Jusqu'au deuxième trimestre du moins. Je n'ai pas encore osé attaquer le chapitre de la naissance.

Il se préparait, alors qu'elle-même avait évité de réfléchir en détail à ce qui l'attendait, réalisa Aria. Peut-être devrait-elle télécharger ces mêmes livres en version audio… Était-elle déjà une mauvaise mère en ne faisant pas son travail de future maman ?

Quelques instants plus tard, Nysio l'invita à entrer dans une magnifique chambre lumineuse et lui offrit un verre de citronnade bien fraîche. Il l'observait en permanence, avec une telle insistance qu'Aria fut soulagée quand il finit par s'en aller pour passer quelques coups de fil.

Elle en profita pour essayer le superbe lit à baldaquin. Elle avait mal aux pieds et se sentait affreusement lourde, tout à coup. Elle ferma les yeux et soupira, avant de s'apercevoir qu'elle avait posé la main sur son ventre sans s'en rendre compte.

Quand elle rouvrit les yeux, Nysio se tenait sur le seuil de la chambre et fixait sa main.

Aria se redressa sur son séant, embarrassée et confuse d'avoir été surprise dans ce moment d'intimité. Mais il y avait une telle tendresse dans les yeux bleus de Nysio qu'elle sentit une boule se former dans sa gorge.

L'instant d'après, la tendresse était remplacée par du désir brut et incandescent. Une sensation brûlante se déploya en elle, mais Aria la réprima sans pitié. L'ombre d'un sourire passa sur les lèvres de Nysio, puis il laissa échapper un petit soupir.

— Alors… tes parents nous croient fiancés, dit-elle en fronçant les sourcils.

Elle ne se laisserait pas dominer par sa libido, pas question.

— Mon père a déjà suffisamment de choses à gérer, nous n'allons pas en rajouter en lui parlant de notre situation bancale. En revanche, j'ai déjà dit à ma mère que tu avais rejeté ma demande en mariage.

— Tu ne m'as pas demandée en mariage, Nysio. Tu as posé une exigence. Ce n'est pas la même chose.

Il secoua la tête en laissant échapper un rire étouffé.

— Si tu as pris cela pour une exigence… tu me connais vraiment mal.

— En effet. Nous en savons très peu l'un sur l'autre.

Aria posa ses pieds sur le tapis épais et se leva avant de s'avancer vers la fenêtre.

— Le fait d'être ici ne changera rien, nous sommes trop différents.

Elle le sentit se rapprocher, s'arrêter derrière elle et serra les poings pour résister au désir de s'abandonner dans sa merveilleuse chaleur.

— Pour toi, nos différences représentent un obstacle ; moi je les vois comme le feu qui nous a attirés l'un vers l'autre. Nous pourrions nous entendre à merveille, *dolcezza*.

— Le mariage, ce n'est pas seulement une question d'alchimie sexuelle, Nysio.

— Tu sembles avoir beaucoup réfléchi à la question. S'agit-il vraiment de nous ou de ce salaud qui t'a brisé le cœur ?

— Je ne veux plus parler de lui, répliqua-t-elle d'un ton vif. Je suis venue ici pour te soutenir, pour passer du temps avec toi avant de rentrer à Londres.

— Tu ne trouves pas ça injuste de me tenir responsable du mal que t'a fait de type ? Notre enfant…

— Notre enfant n'a pas besoin que ses parents soient mariés. C'est *ton* besoin. Comme tu l'as clairement montré en ne détrompant pas ton père qui nous croit fiancés.

— Ce qui m'importe, c'est que mon enfant vienne au monde entouré de ses deux parents. Il s'agit aussi de tradition et d'image, je le reconnais, mais le mariage est le plus sûr moyen de lui permettre de grandir avec son père et sa mère.

Comme Aria ne réagissait pas, il soupira, et elle tressaillit en sentant son souffle chaud lui caresser la nuque.

Comment pouvait-elle être aussi furieuse contre lui et le désirer autant ? C'était absurde, malsain.

— Tu ne devais pas aller voir le régisseur du vignoble ?

— J'espérais y aller avec toi, et te montrer aussi les oliveraies.

— Je suis fatiguée, Nysio. Je te rejoindrai pour le dîner.

Il soupira de nouveau et s'éloigna.

— Je suis désolé de ne pas avoir dit la vérité sur notre situation à mon père. Comme je suis désolé de t'avoir forcée à rester en Italie avec moi mais, une fois que tu as été là, je n'ai pas pu, je n'ai pas voulu te laisser partir. Si tu ne crois pas le reste, crois au moins cela.

Quand Aria se retourna, il avait disparu.

11

Le lendemain, Nysio laissa Aria tranquille. En parfait gentleman qu'il était, il avait transporté ses affaires dans le salon de la suite et dormi sur le canapé. Quand elle s'était réveillée ce matin, il était déjà sorti et marchait lentement avec son père dans les allées des jardins tandis qu'ils se parlaient, l'air aussi grave l'un que l'autre.

Debout devant la haute fenêtre, Aria les avait regardés un long moment, les larmes aux yeux.

Après avoir pris son petit déjeuner dans sa chambre, elle avait consulté ses e-mails et ses messages vocaux, et découvert que la plupart de ceux-ci avaient été laissés par Priya qui essayait de la joindre depuis un bon moment. Son amie voyageait en Europe avec son mari et désirait la rencontrer. À en juger par le ton de sa voix, Priya s'inquiétait pour elle. Mais Aria ne pouvait se résoudre à la rappeler. Elle n'avait pas l'énergie de lui expliquer pourquoi elle ne pouvait pas la voir en ce moment. C'était au-dessus de ses forces.

Comme l'anxiété montait en elle, Aria enfila ses baskets et partit se promener dans les oliveraies mais elle se sentait complètement déconnectée de la beauté qui l'entourait. Elle marcha longtemps, jusqu'à ce qu'elle arrive devant l'entrée d'une nouvelle oliveraie au lieu de la sortie de celle qu'elle venait de traverser. Impossible d'apercevoir le *castello* à travers les branches des oliviers ni de se laisser guider par le son de la mer qui ne parvenait pas jusque-là.

Rien qui puisse l'orienter. Elle était perdue.

Paniquée, elle commença à se balancer d'un pied sur l'autre lorsqu'elle entendit un bruit de pas derrière elle. Se retournant, elle vit Nysio s'avancer dans sa direction, ses cheveux bouclés soulevés par le vent. Sans réfléchir, elle s'élança vers lui et se jeta dans ses bras.

Dès qu'il la serra contre lui, toute sa panique disparut.

— Tu t'es perdue ? C'est un vrai labyrinthe, ici, murmura-t-il en resserrant encore son étreinte.

— Oui. Mais ce n'est pas pour ça que je pleure. Je n'arrête pas de pleurer depuis ce matin… Ce sont ces fichues hormones…, chuchota Aria entre deux sanglots.

Elle avait honte de se laisser aller ainsi mais elle ne pouvait s'en empêcher. En temps ordinaire, elle était déjà plus sensible à ses émotions que les autres, mais depuis qu'elle était enceinte tout lui paraissait encore plus intense.

— Je suis là, *dolcezza*. Laisse-toi aller, dit doucement Nysio en lui caressant les cheveux.

Son geste n'avait rien de sexuel. Il lui caressait les cheveux pour la réconforter. Il comprenait ce qu'elle ressentait, comprit Aria. Depuis le début.

Elle cessa de réfléchir et obéit. Elle se lâcha. Complètement. Elle laissa tout sortir, toutes les émotions qui s'étaient accumulées en elle – l'attirance qui la poussait inexorablement vers cet homme impossible et l'univers inconnu dans lequel il l'avait fait pénétrer. La panique causée par la vie minuscule qui grandissait en elle.

Quand elle reprit ses esprits, Aria se rendit compte qu'ils se trouvaient sur un belvédère caché au milieu de l'oliveraie.

Nysio sortit un grand mouchoir blanc de sa poche de veste. Un vrai mouchoir en coton... Elle ne put s'empêcher de sourire à travers ses larmes.

Docile, elle le laissa lui essuyer délicatement les yeux et fut submergée par une vague de tendresse irrépressible. Il s'occupait d'elle avec une telle simplicité, un tel naturel. Le mouchoir était maintenant maculé de noir, et elle-même devait avoir l'équivalent sous les yeux, mais elle s'en fichait. Elle le regardait, le voyait vraiment, et ne pouvait détourner les yeux.

— Ma grossesse a rouvert toutes les plaies que je croyais cicatrisées. Je ne me fais jamais de souci. Je suis la championne de la décontraction.

— Tu crois pouvoir garder ce titre après ce qui vient de se passer ?

Aria se mit à rire. Quelque chose se libéra en elle, la laissant en proie à un sentiment de légèreté proche – dangereusement proche – de l'espoir. Elle repensa à la proposition de Nysio, imagina une vie dont elle n'aurait jamais osé rêver, une famille à elle. Une maison remplie de rires et de joie.

— Je n'ai pas pu m'empêcher de pleurer en te voyant marcher avec ton père dans les jardins ce matin. Tu es très attaché à ta famille, cela crève les yeux.

— Considères-tu que tu en fais désormais partie ?

— Je ne suis pas stupide à ce point, Nysio. Mais j'ai confiance en toi et je sais que tu t'occuperas de notre enfant. Que tu l'aimeras.

— Tu ne portais pas notre enfant le soir où nous nous sommes rencontrés mais tu m'as fait confiance.

— C'était différent. J'ai compris que tu étais un homme d'honneur.

— Pas tant que cela, vu ce qui s'est passé à bord du jet...

— Non… Mais nous avons cédé tous les deux à un accès de folie, cette nuit-là.

— Ce n'était pas de la folie. Et il ne s'agit pas que de cette nuit-là, Aria. Je t'ai désirée dès l'instant où je t'ai aperçue sous la pluie et je n'ai pas cessé de te désirer depuis.

Elle secoua la tête, alors qu'elle ressentait la même chose mais se répétait qu'elle devait attendre, être prudente. Elle n'était plus la seule concernée, à présent, il y avait aussi leur enfant.

— Je ne savais pas que tu me désirais encore.

— Cette nuit, j'ai cru devenir fou de désir, te sachant si près de moi. Tu hantes mes rêves… la nuit comme le jour…

Une lueur suppliante traversa ses yeux bleus.

— Délivre-moi de mes tourments, *dolcezza*. Embrasse-moi.

Rien n'aurait pu empêcher Aria d'exaucer cette prière. Elle rapprocha son visage de celui de Nysio et posa doucement ses lèvres sur les siennes tandis qu'il lui enlaçait la taille et la serrait contre lui.

De tous les baisers qu'ils avaient échangés jusque-là, celui-ci fut le plus intense. Parce que, alors qu'Aria répondait aux caresses de sa langue, les sentiments qu'elle essayait de refouler se fondirent dans la passion que Nysio lui faisait partager.

Mais avant qu'elle ait pu analyser ce qui se passait en elle, il prit une couverture épaisse posée sur une chaise de jardin en fer ouvragé et l'étendit sur le sol du belvédère. Puis il l'allongea dessus délicatement et remonta sa robe sur ses cuisses.

— Non, pas ici, murmura Aria.

Ignorant sa faible protestation, il écarta la minuscule culotte en soie.

— Personne ne nous dérangera, dit-il, la voix rauque.

Il glissa un doigt en elle, puis, lentement, commença à faire des petits mouvements circulaires.

— Laisse-moi te donner du plaisir, chuchota-t-il contre

ses lèvres en continuant le délicieux manège. Laisse-moi te rappeler que nous nous accordons à merveille. Comment as-tu pu croire que j'avais cessé de te désirer ? Ne comprends-tu pas que tu occupes toutes mes pensées ?

— Je...

Le reste de sa phrase fut emporté par la spirale de volupté qui montait en elle, chassant toute pensée cohérente de son esprit, lorsque, brusquement, Nysio interrompit ses caresses, arrachant à Aria un petit cri de frustration.

Nysio se redressa au-dessus d'elle et lui prit les mains pour l'immobiliser sur la couverture. Elle était très excitée – et superbe avec ses seins plus épanouis que jamais.

— Je veux que rien ne nous sépare, dit-il en se penchant pour lécher une pointe dure à travers l'étoffe avant de dénuder les seins magnifiques.

Pratique, ces soutiens-gorge s'ouvrant sur le devant...

— Je veux te voir, *tesoro*. Tout entière.

Cette fois, elle n'émit aucune protestation et sourit, d'un sourire timide et vulnérable qui fit naître une drôle de sensation dans sa poitrine.

Quand elle fut complètement nue et offerte, il la contempla en silence, fasciné par les changements qui s'étaient déjà opérés sur son corps.

Penchant la tête, Nysio embrassa un mamelon dont la teinte avait légèrement foncé avant de l'aspirer goulûment entre ses lèvres, tandis qu'Aria soulevait les hanches en laissant échapper des petits halètements follement sexy.

Il titilla la chair ferme avec ses dents.

— J'adore tes seins. Je les vénère. Je crains de ne jamais m'en lasser.

Dans le regard soudé au sien, il vit une lueur d'hésitation. Il aurait dû ralentir, lui montrer qu'elle pouvait avoir confiance en lui. Mais une force ténébreuse voulait s'assurer qu'elle le désirait autant qu'il la désirait.

Les yeux mi-clos, elle ondula des hanches. Elle était si réactive, si naturellement sensuelle, qu'il n'avait pas besoin de l'entendre s'exprimer verbalement. Il la devinait.

Il l'embrassa pour ne pas lui reparler de sa proposition, la supplier d'accepter sa demande. De rester en Italie avec lui, dans son *palazzo*, dans son lit… Nysio repoussa la tension qui lui étreignait la poitrine, le besoin de la posséder totalement.

Au prix d'un effort surhumain, il domina la force qui menaçait de le submerger et prit son temps, lui chuchotant entre deux baisers sur la peau si douce de ses cuisses fermes et tendres qu'il adorait tout d'elle.

— Attends, murmura Aria au moment où il posait les lèvres là où il brûlait de l'embrasser.

Elle commença à déboutonner la braguette de son jean.

— Moi aussi, je veux te donner du plaisir, Nysio.

Roulant sur le flanc, il continua à la caresser, même quand elle libéra son membre excité. Elle leva les yeux vers lui, se passa brièvement le bout de la langue sur les lèvres, puis rapprocha le visage de son érection et l'embrassa.

Ils étaient maintenant étendus face à face, tête bêche… Nysio ne put qu'imiter son geste et l'embrassa entre les cuisses.

Les caresses de ses lèvres et de sa langue enhardissant manifestement Aria, elle le prit bientôt dans sa bouche.

— Si nous continuons comme ça, je ne tiendrai pas longtemps, *dolcezza*… Et je veux te sentir autour de moi.

— Et moi je veux te sentir en moi, mais d'abord je veux que tu te laisses aller complètement… pour moi.

Sa demande ne fit que stimuler Nysio qui lui écarta les jambes et reprit ses caresses.

Sentant le corps d'Aria se contracter, il redoubla d'ardeur.

Quelques instants plus tard elle jouissait dans sa bouche en même temps qu'il s'abandonnait dans la sienne.

Le plaisir d'Aria vibra en lui, le liant à elle. Les unissant comme ils devaient l'être. Et Nysio comprit qu'il ne la laisserait jamais partir.

12

Durant les jours suivants, Aria découvrit un autre Nysio que le Nysio de Florence. Elle le vit rouler ses manches sur ses avant-bras et travailler avec les ouvriers du vignoble. À sa demande, il finit même par accepter de prendre contact avec ses demi-frères.

Vivre dans cet endroit merveilleux, c'était évoluer dans un autre univers. Et Aria avait de plus en plus de mal à trouver des raisons de ne pas accepter la proposition de Nysio.

Lorsqu'il lui demanda de rester un peu plus longtemps, d'essayer de repousser son rendez-vous à la banque d'une semaine supplémentaire, elle accepta spontanément. Le quitter et rentrer à Londres lui parut soudain absurde, voire injuste. Si bien qu'ils regagnèrent Florence où Nysio avait des engagements et des rendez-vous impossibles à reporter.

Démarrer son entreprise en Italie serait bien plus facile, au fond. C'était le pays de la mode, non ? Mais, quand elle émit le désir d'aller voir des usines et ateliers de confection pour explorer les possibilités de travailler avec eux, Nysio ne montra pas un grand enthousiasme. Aria n'insista pas, sachant que lui aussi avait besoin de s'adapter et de comprendre qu'il pouvait lui faire confiance. En outre, il était très occupé, elle s'en était vite rendu compte. Il travaillait de longues heures.

Mais, quand il la rejoignait enfin au lit, leurs ébats demeuraient aussi passionnés que lorsqu'ils s'offraient du bon temps en Sardaigne. Par ailleurs, Nysio se montrait plus attentionné que jamais avec elle.

En résumé, le bonheur d'Aria aurait été complet s'il avait laissé entendre qu'il ressentait pour elle davantage que du désir.

Debout devant le miroir de la suite qu'elle partageait avec Nysio, elle jeta un dernier coup d'œil critique à son reflet. La robe longue, d'un magnifique rouge bordeaux, avait été coupée dans une étoffe qui moulait ses seins et sa taille comme une seconde peau, avant de s'évaser à partir des hanches et d'onduler autour de ses jambes.

Le gala annuel de la Fondation Bacchetti battait déjà son plein lorsqu'elle descendit seule le grand escalier, Nysio lui ayant dit qu'il lui réservait une surprise et l'attendrait dans la salle de réception du *palazzo*.

Au moment où elle posait le pied sur la dernière marche, Aria vit une silhouette familière se diriger droit vers elle.

— Priya ! chuchota-t-elle avant de se retrouver dans les bras de son amie et enveloppée dans son parfum.

Elles restèrent un long moment enlacées, s'excusant l'une et l'autre de ne pas s'être donné suffisamment de nouvelles. Quand elles finirent par se séparer, elles avaient toutes les deux les larmes aux yeux.

— Zut, mon maquillage..., murmura Aria en inspirant profondément pour se ressaisir.

— Ne t'inquiète pas. Tu es superbe, comme toujours, la rassura Priya en souriant. Xander est là aussi, avec Pandora, sa femme. Nous sommes tombées toutes les deux amoureuses d'hommes merveilleux, alors tout est bien qui finit bien.

Son amie la regarda en inclinant la tête de côté.

— Et toi... tu sors avec un beau ténébreux qui vit dans un somptueux palais. Tu me racontes un peu ?

Un serveur s'arrêta à côté d'elles avec un plateau garni de flûtes de champagne, mais Aria lui sourit en secouant la tête. Lorsqu'un autre serveur apparut avec des fruits de mer et des crudités, elle sentit tout son corps se révolter.

— Tu ne te sens pas bien ? demanda Priya en plissant le front.

— Si si, au contraire, répliqua Aria avec un sourire forcé.

Mais sa meilleure amie ne fut pas dupe et continua de la dévisager d'un air inquiet. Aria se concentra sur sa respiration. Ce n'était pas le moment de lui parler du bébé. Elle avait besoin d'un cadre plus privé.

— Regarde-nous, nous restons à l'écart et, toi, tu joues les mères poules..., dit-elle en riant. Comme autrefois, au temps de l'université !

Priya éclata de rire, et ce son familier aida Aria à se détendre. Son amie était heureuse et follement amoureuse d'Eros, comme en témoigna le sourire qui illumina ses traits à la vue de l'homme de haute taille et aux cheveux blond foncé qui s'avançait vers elle.

— Ton mari est beau comme un dieu, dis donc, murmura Aria. Je te laisse avec lui et je vais rejoindre les invités – on se retrouve tout à l'heure, d'accord ?

— D'accord, acquiesça Priya avec un clin d'œil, juste au moment où son mari s'arrêtait à côté d'elle et l'attirait contre lui avant de l'embrasser à pleine bouche.

Depuis quand son amie était-elle aussi sensuelle et décontractée ? L'amour faisait décidément des miracles, songea Aria avec un pincement au cœur.

S'avançant parmi la foule d'invités élégants en direction du bar pour se procurer un verre d'eau, elle remarqua au passage les chaussures et les accessoires de créateur, les smokings, les toilettes et les parures chatoyantes, lorsque subitement quelque chose l'amena à s'arrêter et à tourner les yeux vers l'extrémité opposée de l'immense salle.

Nysio se tenait à côté de la double porte grande ouverte, le regard scrutant la foule. Dès qu'il l'aperçut, il traversa la salle à grands pas et, la prenant par la main, l'entraîna vers une autre double porte située en face de celle dont il venait de s'éloigner.

— Où m'emmènes-tu ? demanda Aria en riant tandis qu'il s'avançait sur l'une des allées traversant les jardins.

Ils dépassèrent la fontaine et s'enfoncèrent bientôt dans le labyrinthe qu'elle avait aperçu bien des fois depuis la fenêtre de leur chambre.

Toujours silencieux, Nysio continua d'avancer, jusqu'au cœur du labyrinthe constitué d'un petit belvédère entouré de statues.

— Tout labyrinthe digne de ce nom dissimule un monstre, dit-elle en passant la main sur une créature étrange, mi-homme, mi-bête.

— Ce palais en regorge.

Aria tourna les yeux vers lui, surprise par le ton de sa voix.

— Tu n'es pas un monstre, Nysio.

— Tu en es sûre ? répliqua-t-il, le regard torturé.

— Tu n'es pas un monstre, répéta-t-elle plus fermement. Les monstres cherchent à blesser les autres. Se montrer surprotecteur et prendre des décisions dictées par la peur ne font pas de quelqu'un un monstre. Mais refuser de changer de comportement lorsqu'on sait que cela blesse quelqu'un, si.

Se haussant sur la pointe des pieds, elle lui déposa un doux baiser sur le front. Nysio lui saisit la main et l'attira contre lui.

— Je t'ai amenée ici pour te demander quelque chose, murmura-t-il dans ses cheveux.

Durant un long moment, ils restèrent ainsi enlacés. Seul le battement de leurs cœurs troublait le silence.

— J'ai attendu le bon moment pour te donner ceci, j'ai attendu d'être sûr que tu étais heureuse ici. Que tu pouvais voir notre avenir aussi clairement que je le vois.

Il sortit une bague de sa poche, un anneau d'or serti d'un énorme rubis. Le cœur d'Aria se mit à battre comme un fou, la panique monta en elle.

— Veux-tu m'épouser, Aria ?

Nysio comprit son erreur avant même qu'Aria secoue tristement la tête. Il s'efforça de contenir sa colère, sa confusion, essaya d'attendre qu'elle s'explique.

— Je suis désolée, Nysio, mais je ne peux pas t'épouser.

— Tu ne peux pas ou tu ne veux pas ? rétorqua-t-il d'une voix dure. Tu refuserais d'être ma femme, sachant que tu aurais tout ce que tu désires, que tu ne manquerais de rien ?

— Tout ? Même si je désire que nous allions nous installer à Londres pour lancer ma marque de lingerie là-bas comme je l'avais prévu initialement ?

— Tu fais exprès de...

— Même si je désire aller me promener avec notre enfant dans le parc sans agents de protection ? Que je veux lui montrer comment on prend le train, ou l'emmener faire un petit tour à la plage ?

— Notre protocole de sécurité est lourd, je l'admets, mais, comme tu le sais, il est nécessaire pour assurer notre...

— ... sécurité, acheva Aria à sa place. Oui, je sais. Tu ne

cesses de me le répéter. Je ne peux pas me résoudre à vivre dans une prison.

— Tu crois toujours que je te garde prisonnière ? riposta-t-il en haussant le ton.

Il désigna d'un geste les jardins s'étalant au-delà du labyrinthe.

— Si c'est une prison, alors j'y suis enfermé autant que toi. Tu me prends pour un pauvre type prisonnier d'une vie de luxe et de privilèges ?

— Tu te sens libre ? demanda-t-elle avec calme. Tu as paru libre pendant une semaine, en Sardaigne, dans ton vignoble… À ce moment-là, j'ai cru que tout était possible, que nous pourrions être heureux ensemble. Mais, ensuite, nous sommes revenus ici, dans ce *palazzo*, dans cet univers et ce mode de vie qui te rendent malheureux, même si tu refuses de l'admettre. Je sais que tu as fait une promesse à ton père et que tu es un homme loyal, que c'est très important pour toi. Mais cela ne me convient pas, je ne suis pas comme ça. Et ce n'est pas le genre de vie que je veux pour notre enfant : l'élever pour perpétuer la lignée des Bacchetti, sans se soucier de ses vraies aspirations, de sa vraie personnalité. Non, ce n'est pas ce que je veux, Nysio, ni pour notre enfant ni pour moi-même. J'ai besoin d'autre chose, de beaucoup plus. C'est pour cela que je ne peux pas être ta femme. Parce que je sais que tu me demandes de t'épouser pour une seule raison. Pour t'assurer que je reste ici, au *palazzo*, avec notre enfant. Je suis désolée. Tu méritais de choisir ta voie autrefois et notre enfant le mérite aussi.

— Tu ne me prendras pas mon enfant, Aria.

— Je ne te ferais jamais cela. Je te promets que je ne disparaîtrai pas. Parce que je sais que tu seras un bon père et que tu veux le meilleur pour notre enfant. Alors je suis d'accord pour chercher un compromis et une façon d'élever cet enfant avec amour, même si ses parents ne vivent pas ensemble.

— Alors c'est décidé ? Notre histoire est terminée ? Sans que j'aie mon mot à dire ?

— Je... Je suis désolée, répéta-t-elle en baissant les yeux.

Lorsqu'elle sortit du labyrinthe et reprit le chemin du *palazzo*, Aria crut entendre un juron derrière elle mais se dit qu'elle l'avait imaginé et continua d'avancer sans se retourner.

Se sentant incapable de parler avec quiconque, elle franchit rapidement la grande porte et vit Gianluca se diriger vers elle en fronçant les sourcils d'un air inquiet. Il tendit la main vers elle, mais Aria s'écarta en murmurant une excuse.

Une fois dans le hall, elle accéléra le pas. Ses poumons la brûlaient et elle devait fournir un effort pour respirer. Elle avait besoin d'air frais, sinon ses poumons allaient exploser. Elle avait atrocement mal à la tête. La douleur lui lancina soudain les tempes, accompagnée d'une nausée si violente qu'elle craignit de s'effondrer sur place.

Elle s'arrêta sous l'un des porches donnant sur les jardins situés à l'arrière du *palazzo*. L'air frais ne lui fit aucun bien et elle sentit ses jambes se dérober sous elle. Elle devait se calmer, se ressaisir...

Ne tenant plus debout, elle s'affaissa le long de la colonne de pierre et se retrouva assise par terre, sur les pavés durs et froids. Le bleu du ciel parut se confondre avec le vert de l'herbe, tout devint flou. Une ombre surgit de nulle part et se rapprocha ; un cri résonna à proximité. Aria sentit vaguement qu'elle était soulevée du sol par des bras robustes et que son visage s'appuyait contre un torse familier et chaud. Une voix rauque lui parvint de très loin, elle distingua le mot *ambulanza*, puis ce fut le silence.

13

La poitrine affreusement nouée, Nysio attendait dans le couloir, le regard rivé sur la porte derrière laquelle l'équipe médicale avait disparu avec Aria. Eros et Priya étaient assis non loin de lui, l'air très inquiet tous les deux. Xander et Pandora étaient restés au *palazzo* pour s'occuper des invités, et il leur en était infiniment reconnaissant.

Aria était restée inconsciente durant à peine une minute, mais...

La porte s'ouvrit sur un homme en blouse blanche. Nysio se leva, imité aussitôt par Eros et Priya.

— Vous êtes le père du bébé ? demanda le médecin en s'adressant à lui.

— Oui. Comment va-t-elle ?

— Mme Dane souffre d'anémie aiguë et d'hypotension, ce qui n'est pas inhabituel durant le premier trimestre. Son taux de ferritine est également très bas, aussi allons-nous la garder en observation vingt-quatre heures. Elle a perdu connaissance mais pas longtemps, comme vous le savez. Nous allons lui donner du fer par perfusion et tout devrait rentrer dans l'ordre. Mais il faudra qu'elle fasse attention.

Un immense soulagement envahit Nysio ; il desserra les poings.

— Et le bébé ?

Le médecin sortit un cliché d'échographie du dossier qu'il tenait à la main.

— Il est encore tôt, mais je peux vous dire que Mme Dane en est à sa neuvième semaine de grossesse et que les deux bébés se développent normalement.

— Les deux bébés ? répéta vivement Nysio en tendant la main pour s'emparer du cliché.

Le cœur battant à tout rompre, il contempla l'image floue en noir et blanc.

Aria allait bien et portait deux bébés.

Après lui avoir demandé de signer quelques formulaires, le médecin leur dit qu'ils pourraient aller voir Aria une fois que l'infirmière aurait posé la perfusion. Nysio resta figé sur place en regardant les deux ombres blanches à peine visibles sur le petit cliché qu'il tenait dans ses mains. Il effleura chacune des formes indistinctes, stupéfait par la force de l'instinct protecteur qui l'envahissait. Il protégerait aussi leur mère, se promit-il en silence. Y compris de lui-même.

Au bout de quelques minutes, l'infirmière réapparut et les invita à entrer dans la chambre. Aria était appuyée contre des oreillers blancs, le corps recouvert en partie de draps blancs, et des tuyaux reliaient ses bras à divers appareils entourant le lit. Nysio la regarda, la gorge nouée, tandis que Priya se précipitait pour prendre délicatement son amie dans ses bras.

Elles sanglotèrent en silence, puis Priya se redressa et secoua la tête.

— Je n'arrive pas à croire que tu m'aies caché que tu étais enceinte.

Eros s'avança et dit doucement à sa femme qu'ils devraient laisser Aria se reposer. Nysio le regarda et le remercia d'un hochement de tête.

Quand ils furent partis tous les deux, il regarda Aria. Il la regarda vraiment. Elle était si pâle, elle semblait si épuisée. Elle s'agrippait au drap des deux mains, de toutes ses forces.

— Je suis désolée d'avoir affolé tout le monde, dit-elle. Tu as vu le médecin : les bébés vont bien, il y en a deux... Et j'ai juste besoin de fer... Sans doute parce qu'ils sont deux...

Nysio voulut sourire, mais la boule qui lui obstruait la gorge l'en empêcha.

— Cela a dû te faire un sacré choc, réussit-il à dire en s'asseyant sur le bord du lit.

— J'ai eu tellement peur..., murmura-t-elle. Je me suis trop concentrée sur mon projet et j'ai oublié de prendre mes vitamines... Lorsque je me suis sentie partir, j'ai compris que quelque chose n'allait pas...

— Le temps n'a jamais passé aussi lentement que durant la demi-heure pendant laquelle j'ai essayé de t'amener ici, enchaîna doucement Nysio. J'ai cru que...

— Je sais, chuchota-t-elle. J'ai pensé au pire aussi. J'ai eu des maux de tête toute la semaine et des vertiges. J'aurais dû aller voir la gynéco. Mais... je n'ai pas l'habitude qu'on s'occupe de moi.

— Eh bien, tu vas devoir t'y habituer, maintenant. Tu as deux bébés qui se développent en toi, ce qui veut dire que tu vas devoir être suivie régulièrement. Et te ménager.

— Oui, acquiesça-t-elle en triturant le drap entre ses doigts. Je me rends compte que je n'avais pas complètement accepté ma grossesse. Je ne réalisais pas vraiment qu'un enfant grandissait en moi.

— *Deux* enfants.

Aria fit une petite grimace comique.

— J'ai encore du mal à m'y faire, je l'avoue. Est-ce que tu es aussi terrifié que moi ?

— Je crois que cette grossesse est devenue plus réelle pour moi aussi, répliqua Nysio en se levant pour se diriger vers la large fenêtre. J'ai pris conscience de tout ce que nous devons organiser, décider, surtout maintenant que nous savons que nous attendons deux enfants.

Il revint vers le lit et posa la main sur la sienne.

— Le médecin a dit que tu pourrais sortir dans vingt-quatre heures, mais j'ai demandé à Priya si elle pouvait t'héberger.

Se redressant, il enfonça les mains dans ses poches.

— J'ai pensé que tu préférerais avoir un peu d'espace pour réfléchir.

Sur ses mots, il sortit de la chambre et s'avança dans le couloir à grands pas. Il commençait à regarder la réalité en face, à admettre que son désir de vouloir garder Aria et les enfants auprès de lui relevait d'un égoïsme impardonnable. Elle n'était pas faite pour vivre dans la cage dont lui-même était prisonnier. Elle était trop vibrante d'énergie, trop pleine de vie et d'amour pour être confinée dans l'univers où il évoluait depuis sa naissance.

La perspective de la laisser partir le tuait, mais il le ferait si cela pouvait la rendre heureuse. Il saurait faire abstraction de ses propres besoins et désirs. Ce serait sa façon à lui de montrer à Aria qu'il l'aimait. Parce que ce qu'il éprouvait pour elle était de l'amour, il le savait désormais. Rien d'autre n'aurait pu être aussi douloureux.

Lorsque Nysio remonta en voiture et referma la portière, le silence ne lui apporta pas le réconfort habituel. Il en était venu à adorer le bruit, le mouvement et l'agitation, l'imprévisibilité qui allaient de pair avec son amour pour Aria Dane.

14

Quand Aria retrouva Priya dans la vaste suite de l'hôtel où elle séjournait avec Eros, son amie l'écouta patiemment lui raconter ce qui s'était passé durant ces dernières semaines. Ensuite, ce fut au tour de la jeune femme de lui raconter son histoire.

Aria fut surprise d'apprendre qu'elle avait pu se fier aveuglément à Eros, avant de réaliser qu'elle-même avait fait la même chose avec Nysio.

— Tu pourrais lancer ton entreprise n'importe où, dit Priya après qu'elle lui eut parlé de son projet. Pourquoi ne reviendrais-tu pas à New York avec moi ?

Alors qu'elle réfléchissait à la proposition de son amie, Aria se rendit subitement compte que la perspective de démarrer enfin le projet dont elle rêvait depuis si longtemps ne lui procurait aucun plaisir.

— Non... Je crois que ce n'est pas le bon moment, répondit-elle en posant la main sur son ventre. J'ai eu très peur, j'ai cru qu'il y avait un problème avec le bébé – enfin, *les* bébés. Je préfère rester à Florence. C'est ici que je vais vivre. Je veux que les enfants soient près de leur père... et je veux moi aussi être près de lui.

Aria n'y avait pas encore vraiment réfléchi, mais les paroles qu'elle venait de prononcer spontanément correspondaient à ce qu'elle ressentait au plus profond d'elle-même. Elle voulait rester à Florence avec Nysio, élever leurs enfants à proximité des grands-parents qui parlaient déjà de ces deux petits êtres avec chaleur et affection.

— Tu l'as dit à Nysio ? demanda Priya en la regardant d'un air bizarre.

— Je ne l'ai pas revu depuis hier ; je crois qu'il m'évite. Nous nous étions disputés avant mon petit accident. Il m'a demandé de l'épouser et j'ai refusé.

— Oh ! fit son amie en plissant le front. Cela n'a pas dû t'aider à te détendre.

— Mais, maintenant que j'y repense, poursuivit Aria, je crois que j'ai été complètement stupide. Il est stupéfiant, Priya, et je me rends compte que j'ai été très injuste envers lui et que je me suis laissé guider par mes vieilles blessures. Je… Je crois que je me dois, et que je dois à nos enfants, d'essayer.

— Pour ton information, sache qu'Eros avait rendez-vous avec Nysio et Xander ce matin. Il m'a dit que ton superbe Italien allait leur proposer de s'associer avec lui dans un grand projet.

Aria se redressa dans son fauteuil.

— Quel projet ?

— Je ne sais pas trop… Je sais seulement que Nysio a dit qu'il le faisait pour sa famille, alors je n'ai pas posé de question. Mais Eros a paru suffoqué quand il était au téléphone avec lui, et il a demandé à Nysio s'il était sûr de vouloir se séparer d'un pan aussi important de son histoire.

Sa place d'héritier légitime. Son patrimoine. Aria se sentit blêmir. Qu'avait-il fait ?

— Je dois m'en aller, dit-elle en se levant.

Elle empoigna son sac de voyage et fourra ses affaires dedans.

— Hé, doucement, tu sors de l'hôpital, protesta Priya.

— Je ne suis pas malade, et je suis tout à fait capable de descendre et de prendre un taxi.

Un sanglot lui monta à la gorge.

— J'ai commis tellement d'erreurs ; je dois aller retrouver Nysio. Réparer ce que j'ai fait, sinon je ne me le pardonnerai jamais.

— OK, mais prends au moins ma voiture. Être follement amoureuse te fait perdre la tête, j'ai l'impression, répliqua Priya en souriant. Mais je comprends pourquoi tu l'aimes. J'ai vu la façon dont il te regarde et ce que tu représentes pour lui. À l'hôpital, il était fou d'inquiétude. Je crois que tu sais ce que tu veux, maintenant, alors vas-y. Va le retrouver.

Aria dévisageait Nysio, abasourdie, alors qu'ils se tenaient de nouveau au cœur du labyrinthe où elle avait fini par le trouver.

— Je me suis rendu compte que je ne voulais pas que mes enfants grandissent en subissant les mêmes contraintes que celles qui m'ont été imposées dès ma naissance, qu'ils soient prisonniers de ces attentes qui ont limité mes choix. Je ne veux pas qu'ils vivent la même chose que moi.

Quand il s'éloigna d'elle, Aria eut envie de le suivre, de le prendre dans ses bras, mais elle resta immobile.

— Alors tu… as renoncé à tout ? À la part du patrimoine familial qui te revient ?

— Je l'ai rendue à ceux qui la méritent le plus, au peuple de Florence. J'ai créé une nouvelle institution dont tous les fonds iront à celles et ceux qui en ont besoin. J'ai par ailleurs autorisé l'ouverture du *palazzo* au public. Et du musée, donc.

— C'est une excellente décision, dit Aria, sincère.

— Pendant des années, je me suis caché derrière ces murs, travaillant jusqu'à l'épuisement dans le seul but de prouver que je méritais le nom des Bacchetti que j'ai reçu à la naissance. Jusqu'au jour où je t'ai rencontrée... Tu m'as rappelé ce que c'était que de se sentir libre. Ensuite, je t'ai amenée ici et tu m'as ouvert les yeux sur la réalité de ma condition. Je m'étais enfermé moi-même dans une prison, persuadé que je n'avais pas le choix, que je devais continuer à m'accrocher à la réputation que mon père avait entretenue et préservée si farouchement. Je croyais que je le lui devais, ainsi qu'à ma mère. Grâce à toi, j'ai réalisé que mes désirs comptaient eux aussi.

Il la regarda en souriant.

— Autrefois, être un Bacchetti représentait tout pour moi. J'étais heureux d'accomplir mon devoir parce que cela faisait honneur à mon père. Je l'idolâtrais. Mais je sais maintenant qu'aimer n'implique pas forcément de vouloir être à la hauteur des attentes d'autrui.

— Oh ! Nysio...

— Je n'essaie pas de te persuader de changer d'avis et de m'épouser. Tu as été très claire là-dessus. J'ai pris cette décision pour moi. Je l'ai fait parce que j'ai réalisé grâce à toi où étaient mes vrais désirs. En vérité, je n'ai jamais désiré être l'homme que mon père a voulu faire de moi. Être un Bacchetti n'a jamais été si important que cela pour moi. Grâce à toi, je me suis souvenu de celui que j'avais voulu être autrefois, avant que la culpabilité me force à endosser un rôle que je me sentais obligé d'accepter par devoir. Je crois que, pendant très longtemps, je ne savais plus qui j'étais vraiment.

— Moi je sais qui tu es, dit doucement Aria.

— Tu as ranimé quelque chose en moi dès l'instant où tu m'as demandé de me concentrer sur mes sens et de respirer. À ce moment-là, j'ai senti un profond changement en moi. J'ai compris confusément qu'avant de te rencontrer je me contentais d'exister mais que, désormais, cela ne me suffisait plus. Que je désirais autre chose. C'est à ce moment-là que je suis tombé amoureux de toi, Aria. Je crois que je l'ai su dès le début mais que cela me terrifiait. Ensuite, j'ai commis tellement d'erreurs vis-à-vis de toi. Je ne peux pas revenir en arrière, ni retirer les choses que je t'ai dites et qui ont fait que tu t'es sentie prisonnière. Je veux que tu ne te sentes plus jamais prisonnière, Aria. Jamais. Je t'aime trop.

Aria le dévisagea en silence, la gorge nouée par l'émotion. Elle avait du mal à y croire mais, d'un autre côté, elle avait l'impression elle aussi de l'avoir toujours su. D'avoir toujours vu qui était vraiment Nysio.

— Tu choisis le chemin qui fera ressortir tout ce qu'il y a de meilleur en toi, dit-elle lentement.

— Oui… C'est exactement cela.

Il battit des cils, puis un magnifique sourire éclaira tout son visage.

Sentant les larmes s'accumuler sous ses paupières, Aria ferma les yeux et se détourna. Nysio fut derrière elle en un instant et lui posa les mains sur les épaules avant de la serrer contre lui.

— Fichues hormones, murmura-t-elle, reconnaissante qu'il reste derrière elle et ne la voie pas pleurer.

— Pourquoi persistes-tu à me cacher ta vulnérabilité ? As-tu peur que je ne la supporte pas ? Parce que, si c'est le cas, tu te trompes, crois-moi. Je serai là pour te soutenir durant les mois à venir, même si c'est dur. Tu as beau avoir refusé de m'épouser, je n'ai jamais eu l'intention de m'éloigner de toi. Jamais, *tesoro*. Mon seul désir est de te rendre heureuse, que ce soit moi en tant qu'épouse, si tu restes avec moi, ou que mère de ces deux petits êtres qui ont la chance incroyable de grandir en toi.

— Je t'ai blessé en refusant ta proposition, je le sais, dit

Aria. Et, quand j'ai compris mon erreur, j'ai craint qu'il ne soit trop tard.

Les battements réguliers du cœur de Nysio résonnaient dans son dos, la chaleur de son souffle lui caressait le haut du crâne tandis qu'il la serrait contre lui.

Elle se retourna dans ses bras et le regarda dans les yeux.

— Il y a tellement de choses que je voudrais te dire... Mais, quand tu me regardes, les mots s'emmêlent et je...

— Tu veux que je ferme les yeux ?

— Non ! s'exclama-t-elle en riant.

À dire vrai, elle brûlait surtout de l'embrasser. Mais elle devait parler d'abord.

— Ces derniers jours ont passé pour moi dans une sorte de brouillard, commença-t-elle. La peur que nous avons eue tous les deux, l'inquiétude à propos des bébés... Je me suis rendu compte que j'allais dans la mauvaise direction.

Elle posa la main sur son ventre avant de continuer.

— J'ai toujours été différente du reste de ma famille, et j'ai eu honte de m'être tellement battue. J'ai toujours été très dure envers moi-même, je me jugeais en permanence. Lorsque tu m'as proposé de t'épouser... et que j'ai refusé, j'ai eu l'impression que mon cœur se brisait en deux... Et j'ai compris que je m'étais beaucoup trop attachée à toi...

— Et tu as eu peur à cause de ce que tu avais vécu avec Theo, enchaîna doucement Nysio.

— Oui. Je pensais que, si je m'impliquais de nouveau avec un homme et que j'acceptais de l'épouser, cela me conduirait droit à l'échec et à l'abandon. Et je me disais que j'étais bien mieux toute seule. Mais tu es apparu dans ma vie et, pour la première fois, j'ai désiré aller plus loin... et cela m'a terrifiée. Alors, quand nous avons découvert que j'étais enceinte, j'ai préféré reprendre mes distances et me protéger. Mais, par la suite, plus j'y repensais, plus je devais bien admettre que je brûlais d'accepter, de te dire « oui ». De me réveiller chaque matin dans tes bras et de voir nos beaux enfants grandir autour de nous.

Un nouveau sourire illumina les traits de Nysio.

— Moi aussi je t'aime, reprit Aria en soutenant son regard. J'accepte tout ce que tu as à m'offrir, Nysio. Je me fiche de l'endroit où nous vivrons, je me fiche de tout, du moment que nous sommes ensemble.

— *Dannazione*, je n'ai pas la bague sur moi ! s'exclama-t-il, l'air soudain consterné.

— Je n'ai pas besoin de bague, murmura-t-elle. La seule chose dont j'ai besoin, c'est de t'avoir dans mon cœur et dans mes bras. Je n'ai besoin de rien d'autre.

— Je sais que tu n'as pas besoin de bague, mais je te la donnerai quand même. Tu vas me dire que nous ne sommes plus au Moyen Âge, je sais, mais je veux que tout le monde sache que tu es à moi, comme je suis à toi.

— Je n'ai rien contre, répliqua Aria, la voix rauque. Mais, moi aussi, je pourrais peut-être te marquer de mon sceau ?

— À quoi penses-tu exactement ?

— À un tatouage, peut-être, chuchota-t-elle en lui appuyant un doigt sur le sternum.

Elle le fit remonter sur la gorge de Nysio, ses lèvres, son nez et s'arrêta sur son front.

— Juste ici, au milieu du front.

Il éclata de rire, de ce rire pur et joyeux qu'elle avait craint de ne plus jamais entendre.

— Et que dira ce tatouage ? « Propriété d'Aria. Défense de toucher » ?

— Non. Je pensais plutôt à quelque chose comme : « Je suis à Aria » Ou... « Je suis le bien-aimé d'Aria ».

— Le dernier me plaît bien.

Sur ces mots, il pencha la tête et prit sa bouche en un lent baiser si tendre et si sensuel qu'Aria en eut les larmes aux yeux.

— Si tu as fait don du *palazzo* à cette institution, cela signifie-t-il que tu es sans domicile fixe ? demanda-t-elle un long moment après.

— Je suis toujours en possession d'une fortune assez considérable, d'une société de courtage, et d'une cave contenant une collection dont la valeur est près d'atteindre le milliard d'euros.

— Oh ! mon pauvre chéri. Je crois qu'il faut que je vienne à ton secours.

— Serait-ce un moyen détourné d'attirer votre fiancé dans votre lit, mademoiselle Dane ?

Son fiancé. Aria avait été persuadée que ce mot ne lui évoquerait jamais plus que des mauvais souvenirs mais, face à cet homme merveilleux, elle ne ressentait que de la joie et de l'optimisme.

— Mon fiancé devrait bien savoir que, quand il s'agit de fêter un événement, je ne fais pas les choses à moitié. Or il me semble que nous avons quelque chose à fêter. Ici ou ailleurs, ça m'est égal. Mais, si nous n'avons pas ôté tous nos vêtements dans les cinq minutes, je ne réponds plus de mes actes.

— Tu as besoin d'aide ? s'enquit-il en plissant les yeux.

Pour toute réponse, Aria sourit et leva les bras.

Épilogue

Aria soupira et renversa la tête en arrière pour savourer un instant la caresse du soleil sur sa peau. Cette petite plage était si tranquille, comparée à l'animation qui régnait là-haut ! Elle sourit en imaginant Nysio en train de courir après les jumeaux, Emilio et Mauro.

Ils étaient arrivés sur l'île privée d'Eros et Priya deux jours plus tôt, et y avaient également retrouvé Xander et Pandora ainsi qu'Arista Theodorou, la mère d'Eros, et d'autres invités.

Soutenue par Nysio, Aria avait lancé sa marque de lingerie alors qu'elle était enceinte des jumeaux. Cela avait paru absurde, à l'époque, jusqu'au moment où les commandes avaient commencé à affluer de toutes parts. À tel point qu'ils avaient dû agrandir l'entrepôt à trois reprises...

— Ah, te voilà ! dit une voix familière derrière elle.

Tournant les yeux, Aria vit Priya descendre les marches de bois avec Amara, sa fille de cinq mois, dans les bras.

Aria sourit à son amie et belle-sœur qui s'asseyait dans un transat à côté d'elle, et tendit les bras pour prendre sa filleule qui gigotait dans ceux de sa maman.

— Dis à ta maman qu'il est temps qu'elle vienne vivre en Italie, Amara.

— Amara, dis à ta marraine que si elle veut tenir plus

souvent un bébé dans ses bras, elle n'a qu'à demander à son sublime mari de lui en faire un – il sera plus que ravi de lui rendre ce petit service, j'en suis sûre.

— Je dirai à Nysio que tu le trouves sublime.

— Tu sembles oublier que tu as demandé un jour à mon mari s'il accepterait de jouer les mannequins pour l'une de tes campagnes publicitaires.

— Elle l'a proposé aussi à Xander.

Se retournant, Aria et Priya virent Pandora s'avancer vers elles en souriant.

— OK, OK, c'est vrai, répliqua Aria d'un air faussement accablé.

Elle regarda le bébé qui remuait ses petites jambes et lui sourit.

— Je reconnais que, quand il s'agit de promouvoir ma marque, je suis parfois un peu audacieuse.

— Un peu ? s'exclamèrent ses deux belles-sœurs en éclatant de rire.

Le bébé plissa son petit front.

— Chut ! Vous faites peur à Amara, dit-elle en souriant à nouveau à sa filleule pour la rassurer.

— Je connais ce sourire, fit Priya. Aurais-tu changé d'avis ?

— Certainement pas ! répliqua Aria en riant.

Elle se leva et se balança doucement d'un pied sur l'autre en chantonnant une berceuse que Cora lui avait apprise. Les jumeaux auraient bientôt quatre ans, et elle et Nysio adoraient être parents. Aria avait regardé avec émotion son mari devenir père en même temps qu'il la soutenait dans son nouveau rôle de mère. Au début, cela avait été un peu difficile, elle gardait le souvenir de nuits particulièrement épuisantes, Nysio berçant l'un des bébés dans ses bras et elle l'autre. Ils finissaient par s'écrouler sur le lit, exténués, avant d'être réveillés peu de temps après. Aria reconnaissait sans honte que, la première année, elle avait eu du mal. Mais ce n'était pas pour cette raison qu'ils avaient décidé de ne pas agrandir leur petite famille. C'était simplement une décision prise ensemble, après en avoir longuement discuté.

Ils avaient trouvé un équilibre qui leur convenait, un rythme qui leur permettait par exemple de venir en Grèce à bord de leur yacht. Ou de s'offrir enfin une lune de miel pour leur deuxième anniversaire de mariage, sous la forme d'une croisière romantique en Méditerranée.

Ils s'étaient mariés exactement deux ans après la merveilleuse étreinte qui les avaient unis pour toujours, au cœur du labyrinthe, après que Nysio lui eut dit pour la première fois qu'il l'aimait.

— Je peux vous laisser Amara pendant que je vais chercher Eros au port ? demanda soudain Priya en se levant à son tour.

— Bien sûr ! répondirent Aria et Pandora d'une même voix.

Dès que Priya s'avança vers les marches de bois conduisant à la terrasse de l'immense villa, Aria se tourna vers Pandora, qui en plus d'être sa belle-sœur était maintenant l'une de ses meilleures amies.

— Tu veux la prendre ?

Pandora les regarda tour à tour, elle et Amara.

— Je ne sais même pas comment il faut tenir un bébé..., alors que je vais...

Elle s'interrompit et se mordit la lèvre.

Aria la dévisagea en écarquillant les yeux.

— Tu es enceinte ?

— Oui, mais nous n'en avons encore parlé à personne, répondit Pandora, les joues en feu.

— Motus et bouche cousue, répliqua aussitôt Aria. Je n'ai rien entendu.

— Merci… Je suis tellement nerveuse…

— Tu veux t'entraîner un peu ? proposa doucement Aria en lui tendant Amara qui s'était endormie dans ses bras.

À cet instant, elle entendit les jumeaux les appeler depuis la terrasse et, levant les yeux, elle vit la haute silhouette de Nysio apparaître, entourée des deux petites têtes des garçons qui leur criaient de venir les rejoindre. Elle leur répondit par de grands gestes pour ne pas réveiller sa filleule et se tourna vers Pandora qui la tenait précautionneusement dans ses bras.

— Tu verras, dit-elle en souriant. Les moments difficiles sont beaucoup moins éprouvants quand on a la bonne personne à ses côtés.

Nysio regarda les deux petits garçons qui dormaient paisiblement dans leurs lits superposés et laissa échapper un soupir de soulagement. Enfin. La partie de foot improvisée avec *zio* Eros et *zio* Xander avait permis de terminer le week-end en beauté, mais les jumeaux avaient été si excités qu'il avait cru qu'ils ne s'endormiraient jamais.

Il sourit et se demanda ce qu'aurait pensé le tout-puissant Zeus s'il avait su que sa tentative de monter ses fils l'un contre l'autre n'avait servi au contraire qu'à les rapprocher. Qu'ils œuvraient même ensemble, unissant leurs efforts pour développer les institutions caritatives qu'ils avaient lancées quatre ans plus tôt et en créer de nouvelles.

Sentant une présence derrière lui, Nysio se retourna et vit sa femme qui le regardait en souriant.

— La journée a été longue, murmura-t-il. Nous avons bien mérité un peu de repos…

— Ça y est, tu me regardes encore de cet air bizarre. À quoi penses-tu ?

— Je ne pense pas, je vis, répondit-il avec la plus grande sincérité.

— Ah bon ? fit-elle en plissant les yeux. Et que…

Nysio bondit et la souleva dans ses bras avant de l'emporter vers leur cabine située à proximité de celle des jumeaux.

Dès qu'il l'eut reposée sur ses pieds, ils se jetèrent l'un sur l'autre et s'arrachèrent réciproquement leurs vêtements.

— Tu veux que je te montre combien j'adore tout de toi ? murmura Nysio en baissant les yeux sur les seins magnifiques de sa femme.

— Tu ferais ça pour moi, *amore mio* ? répliqua-t-elle d'une voix incroyablement sexy.

— *Sì, tesoro.*

Aria était réellement cela pour lui, son trésor le plus précieux. Et il comptait bien le lui montrer, encore et toujours.

Il ne s'en lasserait jamais.

Vous avez aimé ce roman ?
Retrouvez en numérique l'intégrale de votre série
« Les anneaux grecs » :
1. *La mariée envolée*
2. *La lune de miel d'un patron*
3. *Promesses au* palazzo